D0989027

Paul Guimard

Les choses de la vie

Denoël

à Lison
dans son fossé

Le goût des choses de la vie : j'emploie cette locution en hommage à Valery Larbaud frappé lui aussi d'aphasie, un peu plus d'un demi-siècle après Baudelaire (...). Le langage humain en se retirant laissa à la disposition de Larbaud une seule phrase d'une douceur miraculeuse : « Bonsoir les choses de la vie. » Ce mot de passe ample et déchirant devint l'instrument de communication de l'écrivain foudroyé avec les personnes dignes de lui faire escorte au long des nombreuses années assourdies qu'il lui restait encore à accomplir.

Antoine Blondin,
Baudelaire (Collection Génies et Réalités).

PREMIÈRE PARTIE

*... et j'ai l'illusion que le
temps se rejoint et que mon
aventure tient tout entière dans
une seconde élastique, mons-
trueusement distendue, mais qui
se resserre au point de n'être plus,
en vérité, qu'une seconde.*

Marcel Aymé,
La belle image.

C'est Bob qui m'avait appris à cap-
turer les animaux à fourrure. La meil-
leure époque se situait à la saison des
premières neiges. Nous chassions côte à
côte. Bob connaissait mieux que personne les mœurs des petits félins et la
façon de les prendre. Je ne retrouverai
jamais le goût de ces matinées glorieuses.
Bob savait choisir la bonne place pour
l'affût, près du fleuve, là où les grands
arbres abritent le chasseur et sont assez
clairsemés pour laisser voir le gibier de
loin. Nous procédions avec nonchalance.
On laissait passer un ou deux lapins
blancs indignes de figurer au tableau.
On attendait de relever la piste d'une
loutre de l'Hudson ou d'un renard gris.
Bob m'avait enseigné que les bêtes à
fourrure ont, à des nuances près, des

comportements semblables mais toutes des dents aiguës et des griffes rapides. Pourtant nous refusions la vulgarité des armes et des pièges. C'était une chasse royale, à main nue. Le gibier reconnu, il s'agissait de l'encercler sans hâte pour ne pas l'effrayer, de le diriger en douceur, par des manœuvres souples, vers une zone découverte où il ne trouverait pas de quoi se terrer. La suite était affaire de patience. Le danger, nous n'y songions pas, trop attentifs au plaisir de la traque. Cela devait fatalement mal finir. Cela finit mal ce jour-là de l'hiver 1939 où la saison de chasse avait été somptueuse. Nous avions pris l'affût à notre place favorite, derrière le palais de Glace. Un soleil givré se dégageait péniblement des vapeurs du matin. Nous suivions sans conviction la piste d'un ocelot. Comme il arrive souvent, sous la fourrure somptueuse la démarche manquait de jeunesse et de grâce. Soudain Bob a vu — il avait pour cela un coup d'œil infaillible — un adorable bébé phoque venant du Cours-la-Reine à notre rencontre. Sans nous concerter tant notre tactique était au point, nous avons effectué les manœuvres de rabat qui devaient, par une habile contre-marche, nous placer à bonne distance de capture. La petite bête n'était pas peureuse. Elle avait les cheveux très blonds et le visage mince des carnassiers des villes. Lorsqu'elle a souri en déchiffrant notre manège, j'ai remarqué ses minuscules dents pointues et j'ai eu peur. J'avais raison. Le soir même, Bob a accroché la peau de bébé phoque au porte-manteau de sa chambre, puis il s'est fait dévorer par ce petit fauve blond et gourmand qui n'a plus quitté notre tanière pendant des mois. La saison des affûts était terminée, le trappeur pris au piège.

Nous avions quarante ans à nous deux. J'en ai plus de quarante à moi tout seul. Quel chemin et quelle différence !

Chaque fois que je traverse Le Mans je pense à Bob exilé pour toujours dans ce cimetière triste et propre où l'a expédié une bombe américaine, quelques années après notre dernière chasse. Il n'avait rien à faire au Mans ce jour-là, il passait. La bombe non plus n'avait rien à faire au Mans ce jour-là. Elle est tombée par hasard. Une bombe, une seule. Le pilote l'avait sans doute oubliée dans son coffre. S'avisant de cette étourderie au moment de rentrer chez lui, il a craint de passer pour un aviateur négligent. « Vous me copierez cent fois : je ne dois pas rapporter mes bombes à la maison. » Il s'en est débarrassé hypocritement, au petit bonheur. Au grand malheur de Bob qui passait par là. Je n'ai jamais su pourquoi il se trouvait au Mans mais dans les désordres de la guerre les gens allaient et venaient sans raison. La bombe est tombée à quelques mètres de Bob qui n'a fait qu'un bond jusqu'au cimetière où il achève de se consumer entre un fabricant de rillettes et un contremaître à la manufacture des Tabacs.

Moi je jouais au petit soldat dans un maquis de Bretagne et cet aviateur à la con m'a touché par ricochet en m'amputant de Bob. Coup double! Le chagrin passé, parce que tout passe, j'ai essayé de me greffer de nouveaux amis pour ne pas rester infirme. J'ai cru souvent que l'opération réussissait, mais après un plus ou moins long temps, une crise de rejet de greffe me laissait à nouveau mutilé. J'ai fait comme tout le monde, je vis avec des prothèses amicales qui font illusion à s'y méprendre.

Depuis vingt ans, je n'aime pas traverser Le Mans. De plus, on perd un temps fou avec tous ces feux rouges.

Je fume trop. Onze heures... Si je ne tombe pas sur une caravane de poids lourds j'arriverai à Rennes comme prévu pour déjeuner. Au-delà d'un certain âge les souvenirs empâtent le cœur. A force de se pencher sur son passé, on contracte envers soi des complaisances suspectes. Hélène me reproche d'enjoliver — elle dit « maquiller » — ma jeunesse. Hélène a les pieds sur terre et pas seulement les pieds lorsqu'il s'agit de certains sujets. Le culte du jeune âge l'agace. Elle proclame que la mythologie de l'adolescence conduit au gâtisme. J'ai renoncé à lui expliquer... Au reste, on n'explique rien à personne. On se justifie avec plus ou moins de conviction. Surtout, on n'explique rien à Hélène. Le bruit des mots d'autrui reste confus pour elle qui cherche moins à comprendre qu'à faire coïncider l'univers extérieur avec ses propres schèmes. Tout interlocuteur est un accusé en puissance. Depuis des années, Hélène, je plaide mais tu n'acquittes jamais, ni moi ni personne. Tu accordes le sursis au bénéfice du doute. Le procès intenté aux autres n'a pas de fin. Je suis seulement un peu moins « autre » que les autres, prévenu privilégié qui incite à l'indulgence.

Ma radio marche mieux par temps humide. J'ai dit à Mortreux que je serais chez lui avant une heure. Cent soixante kilomètres en deux heures, rien ne presse. J'aime Françoise Hardy et sa voix de feutre et son allure de page travesti et « ses longues jambes de faon ». Et ce mouvement de tête obstiné dont elle scande les battements de cœur de ses guignols qui s'aiment, qui ne s'aiment plus, qui pleurent, qui s'embrassent, qui partent, qui reviennent. Elle ne ressemble pas à ces maritornes qui brament d'une voix vulveuse leurs chaleurs intimes.

La radio marche mieux par temps de pluie. L'humidité facilite l'élimination des parasites de l'électricité statique.

Je pense à Aurélia un peu à cause de Françoise Hardy et surtout parce qu'il a plu sur de l'herbe fauchée depuis peu. L'ondée est passée très vite, maintenant c'est l'embellie. Les prés fument de chaque côté de la route. Quand elles ne sont pas seulement des parfums, les odeurs atteignent les cantons les plus secrets de la mémoire. Elles redonnent aux souvenirs la fraîcheur du neuf. J'ai tout oublié de mes classes enfantines, la couleur des murs, la place du bureau du maître, la matière du sol, presque tout sauf l'odeur de la craie sur le chiffon du tableau noir. Et ce remugle inimitable de mon plumier-cercueil en carton bouilli! Je pense à Aurélia. Dans le parc, on avait coupé les foins de septembre. Au bord des fossés, comme aujourd'hui, les clochettes sonnaient la fin des vacances. Un nuage venait de crever. L'averse tiède et courte nous avait poussés à l'abri de la bergerie en ruine. Le soleil revenu faisait monter de la terre cette même odeur vivante. A 150 km/h je traverse des nappes de réminiscences. A chacun ses madeleines! Grâce à cette herbe mouillée, voici l'Aurélia de cette

fin de vacances, avec son sourire péki-
nois et ses discrètes rousseurs. La campagne s'acheminait vers l'automne, cela
se voyait. Nous débouchions sur l'adolescence, nous l'ignorions.

Je suis d'accord, Hélène, tout cela est
banal lorsqu'on le considère du haut
d'une quarantaine massive, bien calé
dans le siège-baquet d'une voiture de
sport.

Aurélia disait :

« C'est quand, ta rentrée ? »

Le rythme scolaire impose aux enfants
des ruptures que les adultes ne supporte-
raient pas. On passe les grandes vacances côte à côte dans une intimité brutale et fraternelle. Puis chacun retourne
à Paris, à Orléans ou à Nantes et il faut
se contenter, tout le reste de l'année, de
bouts de lettres qui commencent par
« mon petit vieux » et qui parlent pêle-
mêle des péripéties essentielles ou futiles
de vies arbitrairement dénouées : « j'aimerais que tu connaisses mon copain
Hervé... la prof de géo est une vache...
il a neigé hier, c'est formidable... les
parents m'ont payé un pantalon de golf
à carreaux... j'ai appris le crawl... Sophie

m'a encore mouchardée... si j'ai le tableau d'honneur, papa est d'accord pour le vélo... J'ai lu *Fantomas* en douce, si je peux, je te le passerai... je t'écrirai plus longtemps la semaine prochaine... les parents sont de sale poil à cause des impôts... ta carte d'Hossegor était formidable... il y a un gars qui est mort de la typhoïde... je commence à avoir des seins... j'ai hâte qu'on se retrouve à La Barre... ce qui m'embête c'est les maths... tu as mis le temps pour me répondre... j'ai vu un film terrible... finalement, Hervé n'est pas un vrai copain... »

Par quel miracle juillet nous remettait-il face à face, Aurélia et moi, sans que l'entracte démesuré de l'année scolaire ait installé entre nous la moindre distance; sans qu'aient évolué les sentiments rudimentaires de notre commune enfance? Nous enchaînions d'une vacance à l'autre, à l'aise dans nos peaux de camarades, dans cet état d'apesanteur que l'on ne retrouve plus, passé un certain seuil, à l'abri de cette sorte de complicité d'autant plus profonde qu'elle repose sur des connivences informulées. Trois mois de présence, neuf mois d'absence, par quel sadisme aveugle condamne-t-on les enfants à ces divorces?

« C'est quand, ta rentrée? »

Sa robe de vichy était mouillée. Ses cheveux pendaient sur ses épaules étroites.

« Pourquoi tu me regardes? Qu'est-ce que tu as? »

Jusqu'à maintenant, jusqu'à cette question, j'étais un grand dadais sans problèmes. Pourquoi je la regardais? Ce que j'avais?

« Je n'ai rien du tout. Pourquoi veux-tu que je te regarde? Crétine... »

Nous nous sommes battus comme d'habitude, pour rire, pour nous réchauffer. Mais je n'avais pas tellement envie de rire. Elle non plus. Je la tenais si maladroitement qu'elle pouvait très bien s'échapper. Nous luttions au ralenti, étrangement attentifs à ne pas nous déprendre l'un de l'autre. Puis nous n'avons pas bougé. Des filles, je connaissais les jeux de langues et les tripotages de culottes avec les sœurs de mes copains. Mais Aurélia n'était pas une fille. Elle était mon frère, mon lieutenant dans nos expéditions de chapardage, mon compagnon de liberté, pas une fille, surtout pas une fille.

Et voici que notre univers basculait à cause du trouble qui nous immobilisait, renversés sur la terre battue de la bergerie, enlacés et muets dans cette odeur de fenaison tardive qui vient de me rattraper, à travers tant d'années, sur cette route luisante. Cent fois nous avions ainsi achevé nos batailles dans des corps à corps étroits. Nous nous relevions toujours sans une égratignure à l'âme. Jamais nous n'étions restés aussi longtemps liés. La joie animale de l'effort se retirait de nous, laissant place à quelque chose de menaçant qui nous écrasait. Aurélia ne me regardait pas.

« Tu es bête. Je te déteste. »

Mais elle ne prenait pas l'initiative du geste qui nous eût délivrés. Nous étions bizarrement amollis. Et cet énorme bruit de cœur qui nous battait aux oreilles! Je crois que je tremblais. Je sais que je tremblais, non de peur ou de froid mais de surprise. Pour rompre ce mauvais charme il eût fallu du courage, à tout le moins un peu de l'habileté dont nous avons, plus tard, appris les chemins dans la chambre du Quartier latin où nous poursuivions ensemble des études de droit et l'invention du monde... Cette odeur d'herbe mouillée sous le soleil me ramène invinciblement à cet instant douteux où, trahissant notre enfance, nous sommes restés noués, sans rien oser. Dans ce tumulte confus un sentiment surnageait : la honte. Ou peut-être l'indignation. Nous venions d'accomplir une mutation, de rompre un pacte. Nous n'y pouvions rien sinon de refuser notre adhésion à cet avatar qui nous consternait. La morale ni la pudeur ne nous gelaient dans cette attitude de gisants. L'ère des explorations mutuelles était depuis longtemps révolue. Aurélia avait appris de moi les singularités du robinet des garçons et nos baignades clandestines dans l'étang de La Barre m'avaient informé des apparences visibles du mystère féminin. Mais nos curiosités s'arrêtaient aux frontières de la farce. Rien ne nous préparait à cette gravité poisseuse qui nous tenait englués. Nous ne faisions rien de *défendu* et nous étions coupables. C'en était fini de l'innocence. Tout au fond, nous étions très malheureux.

Je sais qu'il en va des souvenirs comme des lumières, ils scintillent d'autant mieux qu'ils sont éloignés. A distance convenable, on ne distingue pas une étoile d'une lampe électrique. Pourtant je suis certain que ces minutes ambiguës de la bergerie continuent de compter davantage dans ma vie que je ne saurais dire. Nous ne les avons jamais évoquées, Aurélia et moi, même pour en sourire. Signe certain que nous en soupçonnions l'importance et la fragilité. Je ne doute pas qu'elle s'en souvienne parfois entre les bras de son jeune général — jeune pour un général — qui me l'a enlevée à la hussarde.

Au vrai, je ne penserais pas à Aurélia sans l'insistance de cette odeur de verdure blessée. Elle est heureuse, paraît-il, avec son militaire.

Les informations... Donc j'avance de cinq minutes. Donc je serai à l'heure chez Mortreux. Il va me faire une fois de plus le numéro de l'humble avocat de province recevant le ténor parisien. Sa femme aura préparé un banquet de première communion. — *Tu sais, mon vieux, à la fortune du pot.* Comme il est le contraire d'un sot il s'arrangera pour me faire comprendre qu'il connaît le dossier mieux que moi... *Et goûte-moi cet armagnac, mais si, je t'assure que nous avons le temps, le président Machin m'a promis de ne pas faire appeler notre affaire avant seize heures...* Avec cinq kilos de plus et deux enfants de moins, Lucienne Mortreux serait encore jolie.

— *...Nous sommes en mesure d'apporter quelques précisions sur le suicide du producteur Robert Alan...* Tout Paris ne parle que de cela depuis hier. Certaines morts font recette. On va m'interviewer en qualité d'adversaire habituel. La première fois que j'ai plaidé contre lui, c'était... Il y a longtemps. J'étais partie civile dans une démentielle histoire de coproduction. Je lui ai coûté cher. Le soir du jugement il m'a invité à dîner au Véfour. Pour me dire qu'il m'avait trouvé remarquable. Ce n'était ni de la pose ni de la provocation. Par la force des choses, je connaissais sa situation et l'état exact de ses affaires. J'ai parié qu'il ne s'en sortirait pas. Il a ri.

« Me sortir de quoi ? Aucune partie n'est jouée avant la dernière carte. Napoléon n'a jamais été plus près de régner sur l'Europe qu'au matin de Waterloo. Je volerai de faillite en faillite jusqu'en haut des tours de Notre-Dame d'où l'on a une très belle vue sur la Tour d'Argent. »

Je me suis retenu de répondre qu'à ce jeu le vol de l'aigle ressemble vite à celui du faisan. Je trouvais sympathique son insouciance de flambeur. Derrière la façade du comédien en représentation se devinait un goût très vif pour la chaleur humaine.

« Si c'était possible, je vous prendrais comme avocat. N'y pensons plus. Restez mon adversaire préféré mais sachez que je ne considérerai jamais comme un échec grave de perdre les millions des autres et ma propre chemise. Si je craque un jour, ce sera pour des raisons sérieuses. »

Je ne pouvais me dispenser de demander lesquelles. Il a souri. Pas son fameux sourire « irrésistible » qui persuadait les grands requins internationaux d'engloutir des groupes d'usines dans *Ali-Baba contre Cléopâtre*, mais une ébauche de sourire, pudique comme une excuse.

« Vous savez, mon cher, le centre de gravité des hommes légers est très imprévisible. »

— ... *Robert Alan, qui devait faire face à d'innombrables difficultés financières, s'est tué d'une balle au cœur devant la porte d'une starlette qui venait de mettre fin à leur liaison. On pense que...*

Ainsi le cœur était le centre de gravité de ce danseur de corde raide. Tant de bras lui étaient ouverts et tant de lits sans problèmes ! Tout cela pour aboutir à la porte close d'une fille dont chacun se demandera : « Qu'avait-elle de plus que les autres ? » Rien de plus, évidemment, sinon d'incarner, elle seule pour lui seul dans un monde vide, l'unique échec insupportable. C'est une façon de sauver son âme. Au retour, je dois me préparer à une furieuse controverse avec Hélène qui, bien plantée dans ses gros sabots, va me réduire ce suicide à sa plus simple expression. Le pauvre Alan passera un mauvais quart d'heure posthume. Je ne suis pas très ému par les adolescents qui « se détruisent ». Ils n'appartiennent plus à ma famille. Mais la démarche d'un homme de mon âge qui choisit sa porte de sortie plutôt qu'une voie de garage me fascine à proportion même que je ne puis l'imaginer. J'en connais certains qui ont fait le geste et que la mort a refusés. Ils me semblent à jamais marqués d'un sceau invisible. Je souhaite que l'un d'eux ait le courage ou simplement la possibilité de me communiquer si peu que ce soit de son état d'esprit à la seconde de sa résolution. Est-ce réellement un choix ou la conclusion d'une lassitude irrémédiable? Décide-t-on de mourir ou suffit-il d'en admettre l'idée immédiate? Sans doute la conscience du réel plane-t-elle déjà très au-dessus des contingences. Lorsque l'âme s'est faite à la notion vertigineuse et attirante du néant il suffit d'abattre la bête. Mais précisément, à cet instant, se regarde-t-on, au moins mentalement, dans une glace? Fait-on un pas en arrière pour se dire adieu? Chez tous les rescapés du suicide, il subsiste fatalement une zone morte. On ne ressuscite pas en bloc. On laisse de l'autre côté de la frontière une part de soi, mais laquelle ? Robert Alan ne s'est pas manqué. Cette mort lui convient mieux qu'un cancer du poumon. Je fume trop. Je fume toujours trop en voiture. Les présidents de Chambre n'aiment pas qu'on leur tousse au nez. Mortreux va trouver l'occasion de dire avant la fin des hors-d'œuvre : — *Moi, mon vieux, il y a dix ans, un beau matin au réveil je me suis dit : toi, mon bonhomme, tu files un mauvais coton, tu tousses; et crac, j'ai décidé d'arrêter net.* — *Les pistaches t'ont bien aidé*, dira Lucienne Mortreux. — *C'est vrai, les pistaches aident, mais c'est d'abord une question de volonté. Maintenant, tu peux me laisser un paquet de cigarettes sous le nez, ça ne me fait ni chaud ni froid, même des cigares...* — *Et pourtant Paul adorait les cigares*, dira Lucienne Mortreux, *n'est-ce pas, Paul, tu adorais les cigares...*

Ils se regarderont avec la fierté rétrospective de deux anciens combattants. Si la conversation risque de tourner court, j'enchaînerai : — *C'est très facile d'arrêter de fumer, je l'ai déjà fait au moins vingt fois.* De cette plaisanterie vieille comme le tabac ils riront car il est convenu entre eux que j'ai « un esprit fou ».

— *Sérieusement*, dira Mortreux, *c'est une question de volonté.*

C'est son mot favori. Il construit sa vie sur l'exercice patient de volontés mineures, ce qui ne lui laisse guère le temps d'avoir du caractère.

Avec un peu de courage, je rentrerais à Paris ce soir. Nous aurons fini de plaider vers cinq ou six heures. Mais je ne rentrerai pas à Paris ce soir. Toutes les raisons me seront bonnes pour traînasser jusqu'au moment où quelqu'un dira : *Il est un peu tard pour rentrer à Paris ce soir.* Je regarderai ma montre d'un air dubitatif avant de conclure qu'effectivement il est un peu tard. Je téléphonerai à Hélène qui, sachant trop bien mon goût pour toutes les sortes de dépaysement, me conseillera maternellement de passer la nuit à Rennes, persuadée que je vais assouvir mon vice de déambulations nocturnes et solitaires. Il est vrai que j'adore être seul dans une ville étrangère, Rennes ou Calcutta, qu'importe, pour l'unique plaisir — et plus qu'un plaisir — de savoir que

31

nulle nécessité ne me conduit, que le hasard me prend en charge, que l'imprévu est au détour de chaque instant, pas l'aventure mais l'imprévu, le *non prévu*, l'admirable disponibilité que la vie quotidienne réduit à la portion congrue. Mais je ne serai pas disponible ce soir et même je soupçonne qu'après un western, une choucroute, une Série noire et un Iménoctal je m'offrirai le luxe de penser qu'à tout prendre j'aurais mieux fait de rentrer à Paris. J'impute hypocritement au compte du noctambulisme une vulgaire envie de solitude temporaire. Au vrai, je suis moins hypocrite qu'incertain. Et moins incertain que divisé entre deux certitudes contradictoires. Je ne peux m'éloigner d'Hélène sans trébucher dans le vide que creuse son absence mais en même temps je supporte parfois mal ses aspérités, sa tournure d'esprit abrasive qui vous use sans repos et vous laisse, à force de mortifications légères, avec des escarres au cœur. Je devrais m'en expliquer avec elle. J'hésite par lâcheté, par tendresse, parce qu'elle est une brute rugueuse mais incroyablement fragile et vulnérable dans ses œuvres vives et que le chagrin apporte au violet de ses yeux une pâleur que je ne supporte pas.

Tout cela est assez classique et d'autant plus insoluble. S'il n'y avait que deux inconnues dans les équations personnelles, les calculs seraient sans doute plus simples. Je voudrais avoir, comme les animaux, l'instinct de mes besoins, tout deviendrait évident et facile, au lieu de balancer entre l'impatience des désirs superficiels et la recherche confuse des besoins profonds.

Je boirais bien un verre de bière. Il n'y aura pas de bière chez Mortreux. Mais jusqu'à Rennes, les bistrots ne me proposeront qu'un pissat surgelé. Le moindre bar d'Ostende ou de Londres sait tirer une chope exactement fraîche. Lorsque j'irai plaider à Londres, le mois prochain... Je n'aime plus mon métier, je le supporte. D'ailleurs, tous les dérivés d'avocat sont péjoratifs : avocaillon, avocasserie, etc. J'aime Hélène mais je la supporte aussi. Pourtant j'ai choisi Hélène et mon métier. Choisir, c'est vite dit. On choisit sa vie comme sa voiture mais en fin de compte elles sont fondamentalement semblables, l'option ne porte que sur des détails.

La délectation morose est le pain quotidien de l'insomnie et des solitudes routières. J'ai sur les mains des tavelures qui ne pourront bientôt plus passer pour des taches de rousseur. Et si je rentrais à Paris ce soir ?

Je fume trop.

J'ai très envie d'un verre de bière.

Quel con...

La MG 1 100 aborde à 140 le large virage du lieu-dit La Providence. Le profil de la route autorise cette vitesse. Le virage est convenablement relevé, la visibilité suffisante. Les pointillés jaunes qui délimitent les trois voies de la chaussée se rejoignent à l'entrée de la courbe et se fondent en une seule bande continue qui interdit les dépassements. La MG va négocier le virage à droite. Il suffira donc au conducteur de serrer le bas-côté en cisaillant légèrement sa trajectoire s'il sent que sa voiture subit trop fortement l'effet d'inertie qui tend à la déporter à gauche, vers l'extérieur. Le sol est encore humide de la dernière ondée avec, de place en place, des flaques collectées dans les légers affaissements de la route. Mais aucun panneau n'annonce des risques de dérapage. Cette portion de la N 13 est saine. Le conducteur vient de commencer le geste d'allumer une cigarette puis il l'interrompt pour garder les deux mains libres sur son volant. La radio diffuse une chanson ancienne de Charles Trenet : *Revoir Paris*. Le soleil revenu chauffe une nature où les roux commencent à dominer. La route semble vide dans les deux sens. En fait, à l'autre bout de la courbe, un camion de marée venant de Saint-Brieuc aborde lui aussi le virage de La Providence mais le conducteur de la MG ne peut pas encore le voir. Il reprend en sifflant le refrain de *Revoir Paris*. C'est un homme de quarante-cinq ans dont on ne dit pas encore qu'il fait « encore » jeune. Son visage qui conserve le plus doré du hâle des vacances est charpenté sans mièvrerie. Sur le front, imperceptiblement, la pointe des cheveux sombres, coupés court, se clairsème. La bouche est droite et nette. Au coin des yeux, la ligne des rides évoque plus le sourire que la réflexion. Le corps s'inscrit à l'aise dans le volume de l'habitacle, instinctivement attentif mais délié par cette sorte de nonchalance que donne une longue habitude des mêmes gestes... Les mains, posés fermement sur le volant, transmettent, par réflexes automatiques, les impulsions qu'il faut pour maintenir la voiture au plus près de la courbe idéale. *Revoir Paris... un p'tit lalalala...* Le conducteur sourit parce qu'il chantonne faux. Le sourire reste accroché à ses lèvres. Le vent qui siffle dans le déflecteur apporte la chaleur suspecte d'un lointain orage. La campagne sent bon. A cette allure, les quelque deux cents mètres du virage seront avalés en l'espace d'un instant. Le conducteur n'a pas le temps d'effacer son sourire lorsqu'il murmure :

« Quel con ! »

Aux deux tiers du virage, une route secondaire coupe la N 13. Un panneau STOP enjoint aux usagers de marquer l'arrêt avant la traversée dangereuse. Une camionnette du type bétaillère immobilise son chargement de porcs à la limite de la Nationale. A sa gauche, la MG qui roule vite mais qui est encore loin. A sa droite, venant de l'autre sens, le camion de marée, plus proche, mais qui traîne ses vingt tonnes après avoir escaladé en seconde une côte à sept pour cent. Le conducteur de la bétaillère décide qu'il a le temps de traverser. Il passe sa première et démarre. C'est le moment où le conducteur de la MG dit :

« Quel con! »

Les mécanismes du cerveau ont enregistré et déduit dans un délai infinitésimal. Rien de dramatique dans les données. La camionnette a *presque* le temps de traverser. Elle se trouve à plus de cent mètres de la MG, mais, à 140 km/h, celle-ci se rapproche de celle-là, chaque seconde, de près de quarante mètres. La marge de sécurité est réduite, le « presque », discutable. Néanmoins, le conducteur de la MG sait qu'il ne se trouve pas dans l'obligation impérative de freiner. Il lui suffit de lever le pied de l'accélérateur, la simple décélération limitera les risques d'un croisement trop serré. Dans son inconscient est déjà inscrit l'enchaînement des gestes à suivre : laisser la vitesse tomber à 100 ou 110, passer la troisième à la hauteur de la camionnette, donner quelques coups de klaxon en forme d'injures... C'est tout. Il lève le pied de l'accélérateur.

A cet instant exact, le chauffeur de la bétaillère prend conscience de sa relative imprudence. Plus précisément, il réévalue son estimation du complexe distance-temps. A l'accoutumée, il pense lentement et par routine. La nécessité de réagir vite le pousse dans deux directions contradictoires, l'une et l'autre teintées d'un début de panique. D'abord il cherche à s'arrêter puis, l'évidence lui apparaissant de la sottise de cette solution, il écrase son accélérateur pour dégager la Nationale au plus vite. Conséquence logique, la camionnette lourdement chargée amorce une sorte de bond et le moteur cale.

Le chauffeur du camion de marée qui voit la bétaillère stopper net à la moitié de sa traversée de la Nationale, en laissant libre la voie sur laquelle il roule, pense d'abord que le conducteur, respectant la priorité, lui donne le passage avant de se rabattre derrière lui. Mais, presque simultanément, de l'altitude où sa cabine le place, il découvre la MG qui fonce à la rencontre de l'obstacle et dont la totalité de la portion de route utilisable, la moitié droite de la chaussée, se trouve barrée. Son instinct lui commande de freiner pour ménager à la voiture une chance de déboîter à gauche pour passer devant le nez de la camionnette, avant de se rabattre à droite. Il freine donc énergiquement mais l'inertie de ses vingt tonnes ne lui permet de ralentir que très progressivement. Il déclenche son klaxon pour prévenir les autres d'un danger dont ils ne semblent pas avertis.

Dans la camionnette, le marchand de cochons a dit « merde » lorsqu'il a calé en travers de la Nationale. Le camion qui vient sur sa droite ne l'inquiète pas trop puisqu'il a la place de passer. Mais la voiture... Il tire fébrilement sur son démarreur. Le moteur, noyé, tousse d'abord puis tourne sur trois cylindres. De toute façon il est trop tard. Il ne peut plus dégager la route parce qu'il n'a *plus le temps* de passer devant le camion. Une peur brutale le gèle à son volant, paralysé, corps et âme réfugiés dans l'attente.

Toutes ces actions se sont déroulées en un temps très bref. Lorsque la camionnette s'est immobilisée devant lui, le conducteur de la MG a commencé à ralentir depuis près de deux secondes. Par réflexe, il a déplacé son pied droit qui vient de quitter l'accélérateur, en direction de la pédale de frein. La formulation mentale du danger immédiat précède nettement les réactions physiques. En une fraction de temps inappréciable, les données du problème s'ordonnent. La voiture roule encore très vite — 120 ou 130 — et se trouve à une soixantaine de mètres de l'obstacle. Le conducteur donne un coup de frein brutal dont deux éléments contrarient l'efficacité. D'une part, la MG ne suit pas une ligne droite puisqu'elle a entamé son virage. D'autre part, comme cela se produit souvent sur une traction avant, les pneus ne sont pas également usés. Le pneu droit freinant un peu plus fortement que l'autre, et compte tenu de la brutalité de la sollicitation, agit dans le même sens que la force d'inertie qui tend à déporter la voiture vers l'extérieur du virage. La MG amorce un dérapage très accentué dont le terme serait un tête-à-queue si le conducteur ne réagissait pas dans le dixième de seconde. Le réflexe conditionné joue convenablement. Le conducteur contre-braque dans le dixième de seconde. La voiture revient en ligne mais elle s'est écartée sensiblement de la corde du virage et roule à présent à peu de distance de la frontière jaune qui marque le milieu de la route. Au premier signe de dérapage, le conducteur a lâché sa pédale de frein et donné un bref coup d'accélérateur pour aider au redressement puis, ce dernier opéré, il freine à nouveau, à fond, mais en compensant par avance, au volant, le dérapage à venir. La vitesse tombe à 100 mais la camionnette est maintenant à moins de quarante mètres. Sur un sol encore humide, à cette allure, on ne s'arrête pas en quarante mètres.

Tout cela, l'esprit du conducteur l'examine, le calcule et le traduit aussitôt en actes. Certaines organisations mentales sont ainsi faites que la décharge d'adrénaline provoquée par la peur ne parvient aux centres nerveux qu'avec un retard notable sur la perception de l'événement qui la provoque. Ce qu'on appelle le sang-froid n'est rien d'autre que ce décalage. Les héros s'effondrent *après* l'action. Le conducteur classe objectivement les données du problème sans être troublé par l'imagination de ses conséquences. Loin d'être amoindries par des considérations étrangères à l'instant immédiat, ses facultés sont au contraire exacerbées par l'urgence. Les dimensions ordinaires du temps se distendent. Cet ensemble complexe d'éléments, il lui eût fallu un long moment pour le constater et le définir, dans des circonstances normales. Ici, au contraire, tout s'inscrit dans sa conscience de manière instantanée. L'homme remarque même un grand nombre de détails sans rôle essentiel, comme si ses instants n'étaient pas dramatiquement comptés pour faire face à une situation périlleuse. Ainsi qu'un objectif voit la totalité d'un paysage en 1/200 de seconde (et pour toujours) le conducteur enregistre la foule des images placées dans son champ de vision. Il note, par exemple, que la camionnette, de couleur verte, est maculée de boue, qu'une ferme, dans un champ à droite, a des rosiers grimpants devant la porte, que plus loin un poulain se roule dans l'herbe, qu'un nuage affecte la forme d'un sous-marin, qu'un enfant minuscule galope en lisière d'un bosquet. Il voit et pense à une vitesse folle.

Une évidence : il ne s'arrêtera pas avant la bétaillère. Le raisonnement lui suggère de franchir la ligne jaune et de se déporter sur la gauche de la route pour passer devant l'obstacle. Il cesse de freiner et oblique à gauche. Ce mouvement est en cours lorsqu'il entend le klaxon du camion de marée. Puis à mesure qu'il développe sa manœuvre, il découvre l'horizon du virage que lui masquait jusqu'alors la camionnette et voit enfin le lourd camion qui vient à sa rencontre.

Une évidence : il ne s'arrêtera pas avant la bétaillère, mais il a peut-être le temps de la déborder sur la gauche puis de se rabattre à droite pour laisser le passage libre au camion. Il est visible que celui-ci freine autant qu'il peut pour faciliter cette manœuvre. Malgré cela, il se rapproche encore trop vite. De plus, la MG elle aussi a freiné. A 140, la chicane restait ouverte. Maintenant, c'est trop tard.

Deux évidences : la MG ne s'arrêtera pas avant la bétaillère et elle ne passera pas devant le camion. La chicane se referme et devient une impasse.

Plus que vingt mètres... dix mètres... Les circuits mentaux du conducteur fonctionnent à la vitesse de la lumière. Entre un obstacle immobile et un danger venant en sens contraire, il faut choisir le premier risque, le moindre. D'autant qu'il y a peut-être une troisième solution : déclencher au frein un dérapage contrôlé sur la droite et, perdu pour perdu, tenter d'engager la voiture sur la route secondaire d'où la bétaillère a surgi.

Coup de frein, braquage à droite. A 90 km/h, la MG commence à chasser de l'arrière. Sur route sèche elle se renverserait mais l'humidité du sol lui permet de rester sur ses quatre roues tandis qu'elle glisse en travers vers la camionnette. Il s'en faut de très peu qu'elle ne passe. Son avant frôle l'obstacle mais l'arrière touche tangentiellement. Le choc n'est pas très dur. Le conducteur de la MG voit devant lui, le temps d'un éclair, le visage rouge, terrifié, figé, du conducteur de la camionnette.

C'est trop bête. Je suis absolument dans mon droit. Je roule vite mais sur une route où l'on peut rouler vite. Il y a une minute, même pas une minute, personne n'aurait prétendu que je roulais trop vite. Voilà comment les accidents arrivent, par la faute de corniauds qui ne savent pas conduire. On s'étonne du nombre des morts sur les routes et voilà un marchand de cochons qui s'arrête froidement sur une Nationale! Je donnerais cher pour comprendre ce qui lui passe par la tête. Ou bien il est rond comme un boudin — pas à onze heures du matin, tout de même! — ou bien il est fou. Les gens sont extraordinaires. J'aurais dû ralentir à l'entrée du virage... Mais si l'on ne peut plus se fier aux passages protégés, autant renoncer à la voiture. Et l'autre avec son camion qui klaxonne comme si je ne le voyais pas. Il ferait mieux de freiner. Lui non plus ne pouvait pas prévoir. Je me demande qui aurait imaginé qu'un marchand de cochons viendrait s'installer en travers. S'il fallait penser à ces choses-là on mettrait la journée pour aller de Paris à Rennes. Si je n'avais pas freiné je gardais une chance de passer devant le camion. Mais d'autre part si j'avais freiné plus tôt je m'arrêtais! Je suis absolument dans mon droit mais je suis piégé. Je vais exactement un peu trop vite, la camionnette est exactement un peu trop en travers, le camion est exactement un peu trop près, la route est exactement un peu trop étroite. Et merde! Il n'y a pas une probabilité sur un million pour que tout s'arrange aussi mal, pas sur un milliard et ça tombe toujours sur un type qui n'a rien à se reprocher, qui roule vite, d'accord, mais sans excès. Il se trouvera un tribunal pour juger que les responsabilités sont partagées parce qu'on doit rester maître de sa voiture. La loi est mal foutue. On ne peut pas être maître de l'imprévisible. Je sais que tout se discute. C'est ce qui commence à me peser dans mon métier. Si je défendais ce marchand de cochons je trouverais des arguments. On en trouve toujours. La dialectique est fatigante à la longue.

Il y a forcément une solution. Si l'on confiait à un ordinateur électronique les données de ce problème, il le résoudrait. Forcément! J'hésite parce que toutes ces choses vont trop vite pour moi. L'espace et le temps se modifient réciproquement à une allure démente. Si j'avais le temps de réfléchir... Personne n'est capable de choisir raisonnablement dans ces conditions. Pourtant je dois décider, sinon... Ce marchand de cochons a une vraie tête d'abruti... Des veines comme des cordes, des yeux violets, la bouche ouverte... On va rire, tout à l'heure avec le taux d'alcool dans le sang! Il crève de peur.

Soudain, moi aussi...

Après avoir heurté la camionnette par l'arrière, la MG se retrouve face à sa direction initiale, perdant ainsi toute possibilité de s'engager sur la route secondaire. Sa vitesse est tombée entre 80 et 70 km/h. Le dérapage latéral l'a portée sur le bas-côté droit de la Nationale. Le choc a seulement faussé la roue arrière gauche mais la voiture roule à présent sur l'herbe rase et mouillée où l'adhérence est presque nulle. Le chauffeur du camion qui croise les deux véhicules à cet instant précis pense qu'ils viennent de l'échapper belle et reporte son regard en avant sans plus se préoccuper de la scène qu'il laisse derrière lui.

Les réflexes du conducteur de la MG sont affaiblis par la peur envahissante et il tarde à donner le coup de volant à gauche qui ramènerait la voiture sur la chaussée. Le bas-côté comporte, à intervalles réguliers, des sillons tracés perpendiculairement à la route et destinés à hâter l'écoulement des eaux de ruissellement. La MG passe le premier sillon sans dommage mais le saut qui s'ensuit déséquilibre le conducteur. Il se raccroche instinctivement à son volant de telle sorte que la voiture aborde le second sillon avec les roues légèrement braquées. Engagées dans cette gorge profonde d'une vingtaine de centimètres, les deux roues avant achèvent avec une brutalité inouïe le mouvement qui tend à les déplacer dans le sens du sillon, se bloquent au maximum de leur marge de braquage et la fusée droite casse net au ras de son axe.

Arraché de sa place, le conducteur se trouve projeté vers le siège voisin. Il y serait complètement déporté si ses jambes n'étaient retenues par le levier du changement de vitesse. La partie supérieure du corps glisse de biais vers le siège droit et l'arrière du crâne, au niveau de l'occipital, vient frapper le longeron qui sépare les deux vitres. Le choc est assez appuyé pour provoquer un bref étourdissement. Le conducteur a lâché son volant. Dès lors, la voiture est livrée, sans compensation, aux lois de l'inertie.

Train avant bloqué dans le sillon, la MG démarre un fulgurant tête-à-queue jusqu'à ce que la roue arrière droite, à son tour, s'engage dans l'étroit fossé. Ainsi placée en une fraction de seconde perpendiculairement à sa trajectoire (et sa base immobilisée comme par un piège), la voiture bascule dans un tonneau inévitable. Sa vitesse la fait planer de telle sorte que le flanc porte à peine. Elle retombe lourdement sur son toit. La relative souplesse du sol herbeux amortit l'écrasement mais la caisse subit d'importantes déformations. Les longerons qui assurent la rigidité du toit fléchissent. Le pare-brise et la lunette arrière éclatent. En revanche, les vitres plus ou moins baissées supportent le ploiement du haut des portières! Le moteur qui s'est emballé au moment de la rupture de la fusée avant revient au ralenti. La roue gauche intacte, toujours embrayée, tourne dans le vide. Charles Trenet chante imperturbablement *Revoir Paris*. Le point de soudure qui réunit le renfort longitudinal du toit au montant du pare-brise, côté droit, se déchire et, par l'effort du tassement, dirige vers l'intérieur de l'habitacle une lame de tôle aiguë de la longueur d'un couteau de table. La MG rebondit sur son toit, continue son tonneau et tombe sur le flanc gauche.

Lorsque la voiture a basculé, le

conducteur inerte, allongé de biais en travers des deux sièges, a été violemment entraîné par son propre poids du côté de la place du passager. Le renversement de la MG sur le flanc droit accentue cette sollicitation. Mais si la jambe gauche du conducteur est libre, l'autre se trouve engagée de telle sorte que, le pied étant coincé entre la pédale de l'accélérateur et celle du frein, le mollet porte à faux sur le changement de vitesse. Les muscles superficiels de la jambe se contractent pour résister à l'écrasement. La tension se fait plus forte et le péroné casse. Puis la MG rebondit sur le toit. Cette péripétie dégage la jambe fracturée. Rien ne retient plus le conducteur d'être projeté vers le plafond sur les tôles qui se déforment. Sa position oblique le précipite la tête la première et la masse du corps force sur le cou infléchi. Les troisième et quatrième vertèbres cervicales se distordent, lésant la moelle. Au passage de la voiture sur le flanc gauche le conducteur accompagne le mouvement mais se trouve harponné, à la hauteur des omoplates, par la lame de tôle arrachée du toit. La pointe, entre les os, se fraie un chemin jusqu'au sommet du poumon qu'elle déchire. Puis, suivant le déplacement transversal du corps qui glisse, la pointe ressort et les dents de scie de l'éclat de fer tranchent la chair du dos d'une épaule à l'autre. Dans le même temps, le bras droit, balancé à l'extérieur de l'habitacle, à travers le pare-brise éclaté, pendant contre la carrosserie, est déchiqueté lorsque la voiture s'abat sur le flanc gauche.

Au terme du tonneau, la MG retombe sur ses trois roues à peu près intactes et, par hasard, l'avant dirigé dans le sens de la trajectoire. Dans sa course chaotique, la voiture s'est éloignée de la camionnette d'une vingtaine de mètres. L'axe et les transmissions de la roue avant droite brisée (celle-ci roule comme un cerceau, loin sur la route) labourent le sol du bas-côté, entraînant la MG dans un nouveau tête-à-queue. Celui-ci n'a pas le temps d'arriver à son terme. La voiture déportée sur sa droite s'engage sur le remblai qui, par-dessus le fossé, donne accès à un champ. Elle fait voler en éclats la barrière. L'une des traverses de bois dur, enfoncée à l'intérieur de l'habitacle après avoir fracassé la portière gauche, est emportée par la voiture folle. Le champ est planté de pommiers en quinconce. Par un miracle vain, la MG évite les deux premiers et percute le suivant de plein fouet. Toute la tôlerie avant s'écrase. Le châssis résiste partiellement mais le moteur, arraché de ses silent-blocs, le pont et la boîte pareillement descellés pénètrent jusque dans l'habitacle. Par les canalisations disjointes, l'essence coule sur les cylindres brûlants, se vaporise et s'enflamme. La radio s'arrête sur une note. La voiture commence à grésiller.

Lorsque la traverse de la barrière du champ défonce la portière, elle atteint le conducteur au sommet du crâne qu'elle scalpe sans entamer les os. A l'instant du choc contre le pommier, le corps désarticulé est projeté à travers l'ouverture béante du pare-brise qui le lacère. Il frôle les basses branches de l'arbre, boule sur le sol en pente et ne s'arrête que loin de la voiture en flammes.

Il ne s'est pas écoulé dix secondes depuis le moment où, sous le soleil mouillé, la MG roulant à 140 a abordé le large virage du lieu-dit La Providence.

Mon costume est certainement foutu, impossible de faire un stoppage invisible sur du mohair. J'aurais dû mettre une veste de sport pour voyager. Hélène sera furieuse, elle aime ce costume. Je ne souffre pas. Je ne suis pas évanoui puisque je peux raisonner. Donc je devrais souffrir et je ne souffre pas. Je ne suis pas évanoui puisque je revois très nettement le virage à droite, le croisement, je revois la bétaillère qui débouche devant moi... Qu'est-il devenu, cet abruti ? Si je ne suis pas évanoui, rien ne m'empêche d'ouvrir les yeux. Je dois être rudement sonné ! Je ne me souviens pas de ce qu'il faut faire pour ouvrir les yeux. D'habitude on ne fait rien, on pense simplement « je veux ouvrir les yeux » et les yeux s'ouvrent. Dans le noir on a tendance à s'affoler.

Pourtant je sais que je n'ai rien aux yeux, ils ne me font pas mal. Si j'étais aveugle, je le sentirais. Une Nationale, une Départementale, un Stop, qu'est-ce qu'il lui faut de plus à ce con? Il débouche d'une route secondaire sur un passage protégé, enfin, un Stop ça se voit, il n'a pas l'ombre d'une excuse. Je vais lui faire sauter son permis pour un bout de temps. Bien entendu, il est assuré à une foutue mutuelle de syndicat je ne sais de quoi et je vais attendre deux ans le remboursement de ma facture de garage. La voiture doit être dans un bel état! Peut-être même irréparable.

Avant d'ouvrir les yeux il faut que je récupère. Je suis K.O. Je me sens formidablement fragile. J'entends encore le bruit de l'accident. Ce n'est d'ailleurs pas *un* bruit mais un accord d'écrasements, de déchirures, de tintements, de résonances, de cassements, de ploiements, un accord très complexe.

Je vais téléphoner à Mortreux. Tête de Lucienne avec ses faisans qui vont lui rester sur les bras. La chasse est ouverte, Mortreux a sûrement tué des faisans dimanche. Faisans aux choux et truites en gelée comme d'habitude! Elle pourra garder les truites au frais, mais les faisans? Pauvre Lucienne! Je vais téléphoner à Mortreux de solliciter un renvoi à huitaine. Cas de force majeure. J'écrirai un mot d'excuse au président.

J'ai eu peur. Je ne souffre pas mais je suis sans doute couvert de contusions et d'égratignures. Demain j'aurai mal partout, c'est classique. Je suis épuisé comme après un long effort. Il faut que je me repose avant d'ouvrir les yeux.

Si je n'avais pas effleuré l'arrière de la bétaillère, je crois que j'aurais pu redresser à temps pour éviter l'arbre. Après coup, un événement accidentel apparaît ridiculement contingent, non nécessaire et très évitable. A deux ou trois secondes près, je passais, je n'aurais même jamais imaginé que je frôlais une catastrophe. Je roulerais tranquillement vers Rennes. Mon costume et la MG seraient intacts. J'aurais mangé du faisan chez Mortreux. Ces trois secondes, je les ai perdues quelque part. Dans le centre du Mans j'ai hésité à un feu orange. Si j'avais accéléré au lieu de freiner, j'aurais gagné le temps d'arrêt au feu rouge : quinze ou vingt secondes. Non, c'est trop, cela modifie complètement les données du problème. Tout s'est joué en deux secondes. Je voudrais savoir lesquelles.

Cet arbre, je l'ai vu venir vers moi mais je serais incapable de le nommer. Pommier? Chêne? Platane? Non, pas un platane. Tilleul? Si je devais à l'instant même témoigner sur mon propre accident, je ne pourrais pas nommer l'arbre contre lequel je me suis écrasé. Je l'ai défini non comme une certaine sorte d'arbre mais en tant qu'obstacle. Il était terrible, je veux dire terriblement immobile et compact. J'aurais pu me tuer. Je me suis dit que j'allais me tuer. J'ai pensé : me tuer « bêtement ». La MG est une bonne voiture. Elle a répondu jusqu'au dernier moment. Je n'ai pas commis d'erreur de conduite.

La terre sent bon l'herbe mouillée. Les yeux clos, on respire mieux. Il y a cette odeur de foin frais comme ce jour-là, près d'Aurélia, puis une saveur de pommes tombées, un peu trop mûres. C'était sans doute un pommier. J'éprouve comme une manière de bien-être mais je sais que cela ne durera pas. L'herbe, les pommes et cette autre odeur... il doit y avoir près de moi, tout près, une touffe de ces fleurs dont les clochettes pendent vers le sol. Hélène me dirait leur nom. Je les appelle des ancolies à cause du poème mais je me trompe sans doute, je me trompe toujours sur le nom des fleurs.

J'ai vraiment un fantastique coup de pompe. Je flotte et pourtant je suis très lourd. Je n'ai pas envie de changer de position. Cependant j'aimerais bouger ma joue gauche qui repose contre une tige pointue. Je bougerai tout à l'heure, lorsque j'aurai repris des forces.

Des voitures freinent brutalement sur la route. Les gens adorent regarder les accidents.

J'entends des pas pressés qui se rap-prochent lentement, comme dans les séquences filmées au téléobjectif où l'on voit des chevaux galoper sans qu'ils progressent, avec l'illusion qu'ils s'ef-forcent sur place. A la seconde même où j'ai pris conscience de me trouver en danger, j'ai commencé à penser à toute allure et je continue sur ma lancée. Je pense anormalement vite, le monde extérieur ne parvient pas à me rattraper et c'est mieux ainsi. Je n'ai pas envie de parler, d'expliquer, de bouger. J'aimerais seulement déplacer ma joue gauche. Je ne sais si l'aspérité qui me gêne est une branche morte ou un caillou. A ce détail près, je suis bien dans l'herbe. Pour remuer ma joue, je devrais soulever la tête, alors c'est peut-être mon cou qui se placera mal, ou mes épaules. On est rarement couché exactement comme il faut. Je bougerai tout à l'heure.

Ils arrivent. Ils parlent. Ils jacassent ensemble de façon incohérente.

... *Extincteur... T'approche pas, Georges... Oh! là là là là... ils l'ont dit à la télé, surtout pas le bouger...* Les gens ont la curieuse manie de hurler lorsqu'ils se trouvent en présence d'un accident. J'ai souvent remarqué ce réflexe qui traduit un désarroi. Les voix sont mal posées, anormales... *Téléphoner à un docteur... C'est fait... C'est fait...? Le monsieur avec la Simca est parti téléphoner à un docteur... Et la police...? Oui, il faut prévenir la police...* Quelle excitation! Je suis la seule personne calme, ici... *Rien pu faire, mon moteur a calé... Pas de ma faute...* Celui-là est évidemment le marchand de cochons. Il a la voix de son visage, lourde, grasse, encombrée, une voix qui semble sortir des fesses. Refus de priorité sur un passage protégé et ce n'est pas sa faute? Je veillerai personnellement à ce qu'on le mette hors d'état de nuire. Pas de sa faute!... *Essayer avec un extincteur... Eh ben, dis donc....! Non, Louise, empêche les enfants de regarder... Non, il ne faut pas le bouger, ils l'ont dit à la télé... Et la police?... Ceux-là, quand on a besoin d'eux... Tu crois qu'il souffre?* Je devrais leur dire que je n'ai rien et qu'ils s'en aillent. Il est tout de même préférable qu'un médecin m'examine, pour le principe mais je n'ai mal nulle part. Un extincteur, pour quoi faire?...

— *Ah! nom de Dieu de nom de Dieu, si mon moteur avait pas calé...*

— *Pourquoi avez-vous déplacé votre camionnette, il fallait attendre l'arrivée de la police...*

— *Je voulais dégager la route...*

Il était bien temps de dégager la route! Pas fou le marchand de cochons, il peut espérer, par la suite, ergoter sur la position de sa bétaillère si l'accident n'a pas eu de témoins. Au fait, il y a au moins un témoin, le conducteur du poids lourd. Je le retrouverai facilement. Cette aspérité sur la joue gauche... Je suis tout de même assez sonné ....*Tstt...* *Tu parles d'un chantier... N'approche pas, Gilbert, si elle explose... C'est une anglaise...? Va donc savoir, dans cet état-là... Oui, oui, on a prévenu la police... On dirait qu'il veut parler... C'est mon moteur qui a calé, quoi...* Je viens de trouver ce qui me semble bizarre. Ces gens parlent de moi mais ils ne me parlent pas. Pourquoi ne s'adressent-ils pas à moi? Je suis l'objet de leur conversation. L'objet... Cette impression qui m'est confusément connue, je l'assimile à un souvenir désagréable. Ah, oui ! Cette boîte de Saint-Germain-des-Prés, cette bagarre avec un para, à propos de l'Algérie, j'avais un peu bu, lui aussi, on a tout cassé... Ensuite, en attendant la police, parmi les décombres du bar, oui, c'était exactement la même sensation, les gens parlaient de nous comme d'objets; à deux ou trois mètres de nous, ils disaient : « Non, c'est le grand brun à droite qui a commencé... oui, mais l'autre l'a cherché... » J'avais soudain le sentiment d'être d'une autre race que ceux qui disaient « lui » en parlant de moi. J'étais tenu à distance, comme à présent, je n'étais plus le semblable de personne, sinon du para, mon adversaire, devenu, dans cette salle, mon unique prochain. Je ne suis plus pareil à ceux-là qui n'ont pas eu d'accident. Voilà pourquoi ils parlent de moi à la troisième personne du singulier, la moins définie. Ils me relèguent dans ma singularité d'accidenté. J'aimerais que quelqu'un s'adresse à moi. Pourquoi me laisse-t-on seul?... *Puisqu'on vous dit que le monsieur avec la Simca est parti téléphoner... Il était seul dans la voiture?... Non, je n'ai pas absolument vu l'accident mais je suis arrivé tout de suite après... Oh, oui! très vite, sûrement plus de cent...* Évidemment, plus de cent, sur une Nationale! Ils m'ennuient. Je suis fatigué... *Attention, laissez-le passer... Laissez passer... Écartez-vous... Chut... Taisez-vous un peu, quoi...*

Ils se taisent enfin... Leur bavardage m'empêchait d'entendre ces voitures qui continuent à freiner, là-bas, sur la route. Un bel embouteillage en perspective! Ce deuxième plan sonore prend de la valeur à cause de ce silence, pas naturel, artificiellement créé. Je pourrais croire que je suis devenu sourd sans ces bruits de voitures, au loin. Et puis soudain, près de moi, tout près, une voix, une seule. Pourquoi parle-t-il si bas? Je comprends mal : *mégotez... solveau... ah! péquatie suisse*. Qu'est-ce qu'il dit? *In nomine patris et filii* et... Cette fois, je comprends, je comprends trop : *ego te absolvo a peccatis tuis*... Mais non, c'est ridicule, arrêtez, ils vous ont dit n'importe quoi, excusez-les, je n'ai pas besoin de vous, pas du tout, je vais vous expliquer, c'est grotesque...

Je veux ouvrir les yeux. Je dois absolument ouvrir les yeux.

J'ai affreusement peur.

Les deux motocyclistes de la gendarmerie de Laval en patrouille sur la N 13 stoppent à la hauteur des dernières voitures arrêtées dans le virage du lieu-dit La Providence. Ceux-là ne savent de l'accident que ce qu'en dit la rumeur. Chaque automobiliste tient son information de son voisin de devant et l'a communiquée à son suivant. A cheminer ainsi le long de la chenille des voitures immobilisées, le récit prend du flou et des contradictions à mesure que les détails mal transmis ou mal entendus se déforment. Au bout de la chaîne, les gendarmes ne recueillent que des hypothèses confuses. Ils décident de se répartir le travail. L'un va veiller à ce que le bouchon routier ne provoque pas de nouveaux accidents. L'autre remonte sur sa moto pour aller faire le constat. Lorsqu'il arrive près de la MG, celle-ci fume sous la couche de mousse carbonique des extincteurs. Le danger d'incendie semble conjuré. A peu de distance, un groupe entoure un corps couché à terre. Le gendarme écarte les curieux. Un prêtre agenouillé dans l'herbe se relève et, par ce mouvement, démasque complètement le gisant. Le gendarme ne peut retenir un bref sifflement. L'homme, couché sur le côté gauche, ne bouge pas. Son bras droit est écrasé aux deux tiers. Le cou fait, avec les épaules, un angle anormal. De ce qui semble être une vaste et profonde entaille dans le dos, le sang s'écoule et forme une flaque que boit la terre. Mais ce qui surtout donne au corps étendu une allure grotesque est le cuir chevelu, presque complètement scalpé, rabattu sur le visage qu'il recouvre d'une sorte de barbe sanguinolente, affreuse.

— Je lui ai administré l'extrême-onction, dit le prêtre.

Le gendarme dit vaguement « merci » en ébauchant un salut militaire et prend en même temps conscience de la niaise-rie de cette réaction. Au vrai, il hésite sur l'attitude à adopter et sur les gestes à faire. Il est jeune et l'occasion ne s'est pas encore présentée pour lui de prendre seul en main une situation dramatique. Il souhaite que son collègue le rejoigne. Autour de lui, les gens silencieux attendent évidemment qu'il agisse. Il ne peut pas rester inactif mais il faut établir mentalement un ordre d'action logique.

— Quelqu'un a prévenu une ambulance?

Oui, un monsieur avec une Simca est allé téléphoner... D'ailleurs, le voilà, il revient, oui, j'ai eu un médecin, il sera là dans cinq minutes avec une ambulance, une chance que la ferme avait le téléphone!

— Bon, très bien, dit le gendarme, très bien.

Cinq minutes... Il ne peut pas rester cinq longues minutes sans rien faire avec les mains au ceinturon, puis ballantes, puis au ceinturon...

— Est-ce qu'il y a des témoins de l'accident?

Oui, non, il n'y a pas de témoins, je suis arrivé juste après, moi aussi, moi j'étais le premier sur place mais je n'ai pas absolument vu l'accident...

— Moi j'ai vu, forcément, puisque c'est ma bétaillère qui...

Le gendarme connaît le marchand de cochons, c'est un homme répandu dans le coin, comment s'appelle-t-il déjà? C'est un homme plutôt important, qui a des amitiés.

— J'ai même pas eu le temps de me

rendre compte, il roulait comme un fou, quoi...

— Vous veniez de la Départementale?

Le marchand de cochons se renfrogne. Il a eu le temps de réfléchir. Après tout, il est le seul témoin. L'autre ne sera pas en état de le contredire.

— Naturellement j'avais marqué l'arrêt au Stop. Mais il est arrivé comme un fou. Rien à faire... Comme un fou!

— En principe, dit le gendarme, il avait priorité.

— Ça, dit le marchand de cochons, ce sera à voir!

Le prêtre intervient :

— Il faudrait tenter quelque chose. Cet homme est très grièvement blessé.

« Tu parles! pense le marchand de cochons, il est baisé, oui. »

Le gendarme ne demande pas mieux que de tenter tout ce qu'on voudra mais les notions de secourisme récemment acquises lui semblent bien dérisoires en face de ce corps disloqué. Son savoir s'arrête à la première urgence et, visiblement, tout n'est qu'urgence ici. En tout cas, ne pas le bouger, ils l'ont bien répété à la télé. A tout hasard, il cherche à apprécier les battements du cœur. Le cœur bat, irrégulièrement. Avec précaution le gendarme entreprend de dégager le visage du cuir chevelu qui le recouvre. La petite foule frémit. Sous le hideux postiche que le gendarme repousse tant bien que mal vers le crâne, le visage apparaît, maculé mais intact.

Lentement les yeux s'ouvrent, regardent puis basculent et les paupières retombent.

J'ai affreusement peur. Le sens des bruits et des mots qui m'entourent devient clair. Je me complaisais à les taxer d'incohérence pour ne pas être contraint d'accepter ce qu'ils signifient. Je ne peux les nier plus longtemps. Ce prêtre qui marmonne près de moi — dans le noir où je pense, les plans sonores se différencient avec netteté — ce prêtre penché sur moi donne un sens soudain lumineux à ces lambeaux de phrases desquels je ne peux plus refuser de déduire une menace.

Je suis blessé.

En l'absence d'une souffrance analysable, je dois imaginer ma situation physique puisque mon corps, le premier intéressé, ne me renseigne pas.

Il faut procéder par ordre, calmement.

Ego te absolvo a peccatis tuis... Donc on me croit assez gravement en péril pour se préoccuper de mon âme. Ne pas écarter l'hypothèse de la déformation professionnelle : pour un prêtre, tout gisant est un damné en puissance et l'extrême-onction n'engage à rien. Je suis peut-être seulement en un état de choc qui laisse à penser que... Les boxeurs racontent que certaines formes de K.O. laissent à leurs victimes l'usage du cerveau tout en donnant l'apparence de la perte de conscience. Cette explication se tient. Mais dans ce cas, je ne comprends pas que personne ne cherche à me ranimer. C'est la première chose à faire. Dans tout ce que j'entends, on ne semble pas s'interroger sur mon compte. On ne dit pas « qu'est-ce qu'il a ? » ou « c'est grave ? » On me constate, on m'évalue par des onomatopées.

Conclusion... ? Se méfier des conclusions hâtives. Je ne souffre pas, voilà la certitude à laquelle je dois m'accrocher. Je ne souffre pas et je peux raisonner. Le reste est secondaire. Je m'en tire avec le minimum car, à la réflexion, j'ai sans doute frôlé la catastrophe. Je roulais vite. Je roulais à une allure normale sur une route nationale, sans obstacle, mais je roulais vite.

Si je m'étais tué, Hélène aurait trouvé dans ma poche cette lettre ridicule. C'est une sottise sans nom de ne pas l'avoir détruite puisqu'elle ne représente plus la réalité de mes sentiments présents, mais un mouvement sans profondeur, une humeur plutôt que j'exprimais de façon cruelle. On devrait brûler toutes les lettres de ce genre. Elles mentent toutes par anachronisme. Elles témoignent d'états d'âme ou du cœur trop mouvants pour n'être pas périmés, contredits à l'instant même où l'on trace la dernière phrase. Je vais détruire cette lettre.

Ma joue continue de me gêner. Je suis lâche. Je recule le moment de comprendre ce que disent les gens autour de moi... *Oh! là! là... Non, empêche les enfants de regarder... Eh ben, dis donc...* Ces mots-là ne s'emploient qu'en des circonstances très précises et toutes semblables. On ne dit pas *Oh! là! là...*, on ne songe pas à éloigner les enfants à propos d'un homme vaguement évanoui.

Donc je suis vilainement blessé et cela se voit. Où? Au visage puisque cela se voit. Les blessures de la face saignent beaucoup. Il est possible que ma joue soit plus endommagée que je ne le pense. Souvent les blessures sont d'abord indolores. Une plaie au visage suffit à expliquer le *non, empêche les enfants de regarder*. Il m'importe assez peu d'être défiguré, je n'aime pas ma tête. Aujourd'hui, la chirurgie esthétique vous met à l'abri du monstrueux. Il me restera une cicatrice convenable, séduisante même avec un peu de chance.

Voici ce que je vais faire : prendre une respiration profonde comme pour se jeter à l'eau et m'imposer l'effort d'ouvrir les yeux. Je ne le désire pas car je me doute bien que rien d'agréable ne m'attend de l'autre côté de ce mur de langueur qui me protège. Subir des questions, des soins indiscrets... Encore une minute, monsieur le bourreau, ensuite je ne pourrai plus faire marche arrière. L'odeur des pommes et des ancolies se noie dans un relent de graisse brûlée et de produit chimique. Ils ont parlé d'extincteurs, pauvre MG! Le nuage que j'ai vu à l'horizon, juste avant l'accident, ressemblait vraiment à un sous-marin. Sans doute faudra-t-il souffrir. Pourquoi ne pas attendre que mon corps me contraigne à revenir au réel?

Non, je défends qu'on me touche. Je veux rester libre de choisir l'instant de faire surface. Laissez-moi. Quelqu'un me touche. Une main lourde passe sur mon visage un objet, un linge, une éponge plutôt, oui une éponge poilue, imbibée d'une substance douce, visqueuse. Je vois. Je ne suis pas aveugle. Je le savais.

Je suis certain d'avoir entendu *Ego te absolvo...* mais au lieu d'un prêtre c'est un gendarme qui est penché au-dessus de moi. Donc je rêve. Les gendarmes ne parlent pas latin. Celui-ci ne dit rien. Cette expression de perplexité, de compassion ne convient pas à un uniforme de motocycliste. Il ne semble pas à l'aise dans ce rôle. Il est jeune, un gendarme de l'année dans son plumage tout neuf. Je veux qu'il enlève sa main posée sur mon front.

L'autre, je le reconnais avec son mufle d'abruti, les veines comme des cordes et la bouche ouverte. Il sue le guignolet-kirsch. Il ne faisait pas le malin tout à l'heure dans sa bétaillère. Une vraie gueule pour affiche de la Prévention routière! Il discutera, à l'audience, il finassera, et j'allais trop vite et il n'y pouvait rien... Sale con! En freinant deux secondes plus tôt, il me laissait le passage. Deux secondes d'écart et rien n'existait de toutes ces sottises. Je hais les hasards. Ce marchand de cochons a une vraie tête de destin. Qu'on l'enlève, je ne peux pas supporter ce tas planté devant moi, qui me nargue. Il est responsable de tout, c'est lui qui devrait se trouver à ma place avec la joue abîmée.

Il me regarde. Derrière la touffe mal poussée de ses sourcils, dans ses petits yeux violacés je lis clairement ses pensées. Il me regarde avec une attention sournoise, comme un ennemi. Il prépare ce qu'il me répondra. Au moins pourrait-il composer son attitude d'un peu de gêne, d'humilité. Loin de là, il se tient debout, ses grosses jambes écartées, les mains dans les poches. Il me dévisage sans honte. Il me déteste. Une cigarette pend à ses lèvres, il la suce posément, sans me quitter des yeux, sans relâcher son guet. Et même je déchiffre un soulagement méchant, c'est exactement cela, une méchanceté glaciale, le triomphe muet d'un homme qui a eu peur. Il attend encore une confirmation — de quoi ? — mais, tout au fond de lui, il savoure une assurance affreuse. Empêchez-le de me regarder, il cherche à me tuer.

Le gendarme retire de mon front une main rouge. Il l'essuie dans l'herbe.

Quelqu'un dit :
« Il a ouvert les yeux. »
La nouvelle circule de groupe à groupe, sort du champ, chemine entre

les voitures arrêtées et, en fin de parcours devient :

« Il paraît qu'ils ont repris connaissance. »

Celui des deux gendarmes qui s'efforce de rétablir la circulation sur la N 13, à grands coups de gueule et de sifflet, ordonne aux automobilistes de « dégager ». Les femmes qui ont profité de la halte forcée pour s'isoler derrière les haies reviennent sur la route, une fois de plus convaincues que la vie des hommes est incomparablement plus facile. Conscientes des imaginations que leurs allées et venues suscitent, elles répondent par une hauteur courroucée aux airs narquois des conducteurs qui observent le manège, ceux du moins dont aucune passagère n'est impliquée dans le steeple-chase. Les autres affectent l'inattention. Le nuage en forme de sous-marin étire son kiosque en direction du soleil qu'il va bientôt mordre puis masquer. Quelqu'un fait remarquer que « depuis plus d'un mois on n'a jamais eu un jour entier de beau temps ». En ces sortes d'affaires, les étrangers rassemblés par le hasard accueillent avec faveur les sujets généraux et anodins qui peuvent alimenter des échanges de vues unanimes. La conversation prend un bon départ sur le thème du temps qu'il faisait à l'époque où les saisons étaient ce qu'elles ne sont plus.

Le gendarme penché sur le blessé a cru que celui-ci reprenait conscience mais cet espoir ne dure pas. Après un bref regard l'homme retourne à sa nuit immobile. Sa position dans l'herbe dénonce la gravité de son état. Le mort et l'endormi se différencient au premier coup d'œil à ce que certaines attitudes du second sont concertées, ne fût-ce qu'une façon de ne pas complètement laisser aller les mains ou les pieds, de maintenir une sorte de veille musculaire qui trahit la vie au plus creux du sommeil. A l'inverse, le coma relâche ou abolit tout contrôle du corps qui s'abandonne à sa pesanteur inerte. Le gendarme sait cela. Il s'interroge sur l'opportunité de modifier l'angle anormal du cou, de replacer le bras écrasé symétriquement à l'autre pour corriger la gesticulation figée que miment les deux membres. Il voudrait surtout parler car il connaît la manière de s'adresser à « la victime » au lieu que ce silence ne lui permet pas de donner sa mesure. Il a songé à commencer l'interrogatoire du marchand de cochons mais outre qu'il répugne à abandonner l'homme à terre, aussi platoniques qu'apparaissent ses soins, il préfère laisser à son collègue mieux informé des réalités locales les éventuels traquenards du procès-verbal. Il soupçonne que le conducteur de la bétaillère dispose d'influences régionales, les plus efficaces, alors que « la victime »... Au fait, le gendarme s'avise de l'utilité d'une enquête d'identité. Poche extérieure droite : rien d'intéressant, une lettre adressée à Madame Hélène Gerbier, 107, rue de Verneuil, Paris-VIIe. Poche intérieure droite : un stylo cassé en deux et un porte-cartes. Le gendarme note sur son calepin : Pierre Delhomeau, né le 3 mars 1923, avocat à la Cour, 7, quai Voltaire, Paris-VIIe.

Avocat à la Cour : raison de plus pour que le collègue partage les responsabilités. Au lieu de perdre son temps à siffler sur la route, il ferait bien de venir donner un coup de main. Le gendarme regarde le ciel puis sa montre et forme des vœux pour que l'ambulance arrive avant le grain qui s'annonce. Ce geste incite la petite foule assemblée dans le pré à passer des considérations météorologiques qui ne sauraient alimenter une longue dialectique au thème de la rapidité des secours dans les différentes nations du monde. Il ressort des opinions émises que la France occupe en ce domaine une place infamante, tout juste devant le Pakistan ou l'émirat de Koweit.

— *Pas plus tard que l'année dernière en Suisse, n'est-ce pas, Rosie, et pourtant c'était un accident de rien du tout...* Suit un récit illustrant l'évidence que la Confédération helvétique est le théâtre d'une véritable génération spontanée d'ambulances au moindre bruit de tôles froissées.

On remarque unanimement que les tarifs pratiqués par les ambulances impliqueraient un maximum de célérité. Ainsi une dame cite le chiffre véritablement exorbitant qu'on lui avait réclamé lorsqu'elle avait « eu » son petit Marcel et que perdant ses eaux à l'improviste au premier étage de la Belle-Jardinière elle avait requis les services d'une ambulance en maraude pour rallier la maternité distante de trois pâtés de maisons, pas quatre : trois pâtés!

L'ambulance survient dans ce climat de désapprobation. Le médecin se fraie un passage et demande au gendarme :

— Qu'est-ce que c'est?

— Un accident, dit le gendarme qui regrette aussitôt ce truisme.

Le médecin se retient de répliquer qu'il n'a jamais imaginé qu'on pût le déranger pour des danses folkloriques et qu'au surplus le spectacle ne prête pas à confusion. Il s'agenouille près du blessé. Fractures ou entorses multiples des vertèbres cervicales... au crâne on ne peut rien voir avec ce scalp... le bras est irrécupérable. Bave rouge au coin des lèvres : hémorragie pulmonaire, à moins qu'une simple coupure de la lèvre... Le pouls? Le pouls filant... Réflexes : zéro!

Le médecin se redresse et fait la moue.

— C'est grave? dit le gendarme.

Le médecin dédaigne de répondre à une question aussi saugrenue. De sa trousse il tire une ampoule équipée d'une aiguille hypodermique. De l'huile camphrée sur une jambe de bois, mais il faut toujours respecter la routine! Dans la foule les regards se détournent. Beaucoup de ceux qui supportent ou qui recherchent la vue de blessures et de mutilations répugnent au cérémonial de la piqûre. Puis le médecin fait signe au brancardier de charger le corps. Le gendarme demande :

— Vous l'accompagnez à l'hôpital de Laval?

— Évidemment, dit le médecin, je ne peux pas faire autrement. (Puis, au prêtre :) Entre nous, monsieur le curé, il est davantage de votre ressort que du mien!

Le prêtre fait un geste navré.

— Avec mon collègue on va vous ouvrir la route, dit le gendarme.

Le médecin accepte. Il songe qu'à condition de ne pas perdre de temps il lui reste une chance de nc pas manger un rôti tiède et gris. La médecine générale à la campagne est une suite exténuante de contretemps. Combien de fois a-t-il regretté de n'avoir pas eu jadis le cran de pousser jusqu'à l'internat ? Spécialiste dans une sous-préfecture, voilà le rêve, au lieu de patauger la nuit dans des cours de fermes bourbeuses ou d'accompagner à l'hôpital de Laval un automobiliste qui n'y arrivera pas vivant. Malgré tout, grâce au gendarme, il peut rallier la maison avant que la famille n'en soit au fromage.

En montant sur sa moto, le gendarme dit au marchand de cochons :

— Il faudra passer à la brigade pour votre déposition.

Le marchand de cochons est bien soulagé. Les choses ont l'air de ne pas s'arranger trop mal.

DEUXIÈME PARTIE

*Cet acharnement à me con-
naître et à connaître, j'aurais dû l'avoir plus tôt. Si je
m'y étais pris à temps, peut-
être serais-je arrivé à quelque
chose (...) Quel temps perdu,
quel gaspillage, je croyais que
j'avais tout mon temps. Maintenant cela presse, ce sont les
derniers moments, et cette hâte
n'est pas favorable à la recherche.*

Ionesco,
Journal en miettes.

La dernière fois que je suis mort, il y a trois ans, après l'autre accident, le tragique de mon trépas m'angoissait plus qu'aujourd'hui. Je redoutais surtout la rencontre, l'exacte coïncidence de mythes macabres et d'une réalité dont je ne pouvais douter. Lorsque j'ai commencé à entendre les premiers grincements d'essieu mal graissé, je me suis souvenu avec une précision effrayante de la charrette fantôme, le Karrig an Ankou breton, le dernier mort de la nuit de la Saint-Sylvestre condamné pendant un an à ramasser les âmes des défunts. J'ai revu Louis Jouvet poussant sa haridelle vers le corps disloqué de Fresnay. C'était bien le même bruit qui s'approchait de moi et j'ai pensé absurdement que Louis Jouvet narquois et glacé allait m'inviter à prendre place dans sa charrette. Je ne pouvais recourir à l'alibi du cauchemar. J'entendais réellement, objectivement, le gémissement des essieux. Je me savais éveillé, lucide et rien d'autre qu'une intervention surnaturelle n'expliquait le cahotement d'une charrette mal graissée, quai Voltaire, au niveau du cinquième étage. Il me fallait donc admettre que je ne rêvais pas, que le bruit macabre s'approchait véritablement de moi, que dans un instant Louis Jouvet me tendrait une main menaçante. Je n'ai pas récapitulé ma vie en une seconde comme il est d'usage. J'ai attendu, figé, que m'atteigne et me noie l'odeur jaune du convoyeur des âmes mortes. Jouvet s'est arrêté devant ma fenêtre et la mémoire m'est revenue soudain de mon état d'hospitalisé dans une clinique de Tripoli à la suite d'une chute banale dans un escalier. L'Arabe nonchalant qui se faisait tirer par son âne est passé lentement sous mes fenêtres, emportant dans son sillage le bruit bénin de son attelage et la terreur qui me gelait. Mon mauvais rêve est mort. J'ai revécu. Il faut se préparer à l'opération inverse.

D'ordinaire, ce sont les autres qui meurent dans des accidents de la circulation.

On va me transporter à l'hôpital de Laval, me traiter comme un objet et je vais peut-être mourir. Les gens qui parlent autour de moi sans soupçonner que je puisse les entendre semblent certains du dénouement. Brutalement, la distance entre eux et moi devient fabuleuse. Ce médecin n'est pas à cinquante centimètres, il évolue à des milliards d'années lumière, sur la planète des hommes en bonne santé, de l'autre côté de cet espace infini des deux secondes qui m'ont jeté à terre et fracassé. Pour la première fois je connais la vraie solitude.

Le marchand de cochons suce sa cigarette. En ce moment je ne désire rien d'autre au monde que d'accomplir négligemment un acte de ce genre. (Juste avant l'accident j'ai renoncé, pour garder les deux mains libres, à allumer une cigarette. Reviendrai-je dans l'univers où l'on fait ces gestes distraits?) Ce tas de viande ignore à quel point j'envie ses mouvements nonchalants, le miracle d'une bouffée de tabac qu'on rejette entre les lèvres en pensant à autre chose, le dandinement d'un pied sur l'autre... Et par sa faute me voici retranché de ces merveilles futiles. Je ne crois pas vraiment que je puisse mourir. Je voudrais fumer une cigarette. Non, je voudrais surtout allumer une cigarette et la porter à ma bouche et savoir ainsi que j'appartiens encore au monde que je connais. Je voudrais aussi casser la gueule de ce porc marchand de porcs qui conduit comme un cochon, qui vous envoie dans le fossé et qui vous nargue ensuite avec une cigarette plantée dans son groin de verrat sournois. Oui, j'aimerais !

Les motards s'offrent un festival de sirènes. L'ambulance va démarrer. Je reste incapable de définir dans quelle exacte position je me trouve. Mon corps ne me transmet aucun message. Je ne suis qu'une conscience aiguisée mais fragile, sans plus de matérialité qu'un pur esprit. Si je devais vraiment mourir, une prémonition m'en instruirait. Je redoute surtout le moment où la douleur investira chacune de mes fibres et où je ne pourrai résister à me plaindre. Il est impossible que ce moment ne vienne pas. S'y préparer ne sert de rien. On n'est jamais prêt à souffrir, on parvient à s'y habituer à la longue mais aucun entraînement préalable ne met à l'abri de la stupeur et de la déroute hurlante où jette la première attaque de la douleur, d'autant plus qu'elle est multiforme et fertile en nuances. Tous les spécialistes de la torture savent qu'aucun courage n'est monolithique ni cohérent. Seule, la surface en apparaît unie et dure mais c'est en réalité un matériau composite, inégalement résistant et sensible à l'érosion. Ce garçon accusé de trahison que j'ai défendu devant le Conseil de guerre n'avait pas faibli pendant deux séances « d'interrogatoire » où des spécialistes arabes surenchérissaient d'invention. Les côtes brisées, le visage ouvert, les parties sexuelles écrasées, mon pauvre héros avait tenu le coup quarante-huit heures, jusqu'à ce qu'un bourreau plus psychologue entreprenne de lui désarticuler le petit orteil de chaque pied. Alors, il avait parlé.

« Comprenez-moi, maître, je m'étais préparé à tout supporter, même qu'on me crève les yeux, mais je n'avais pas pensé à cela, je n'ai pas pu tenir... »

J'attends une torture et j'ignore laquelle. Je ne me soucie pas de paraître brave mais je redoute la laideur des débâcles physiques. Qu'est-ce qu'ils disent ?

— Inutile de foncer comme cela... rentrer dans le décor, nous aussi... cinq minutes de plus ou de moins... plus d'importance...

Les clameurs des sirènes me fatiguent. Je vais demander qu'elles se taisent. Le silence m'aiderait à mettre en ordre des idées qui se délitent aussitôt formulées, des lambeaux de pensées qui viennent et se dispersent. Si je parviens à coordonner tout cela... Il ne me faut qu'un peu de temps et de silence... *Cinq minutes de plus ou de moins, plus d'importance...* Je vais demander que les sirènes se taisent. Je vous en prie, faites taire ces hurlements inutiles. Vous m'entendez ? Comment me faire entendre ? Comment savoir s'ils comprennent ce que je dis ? Comment être certain que je le dis réellement? Dans les rêves, on croit parler mais les mots s'évaporent dans le vide du sommeil. Vous qui êtes à côté de moi, je vous supplie d'accomplir l'effort de m'entendre. Aidez-moi. Cela vous coûterait si peu de ne pas rester sourds, vos forces sont immenses alors que bouger les lèvres m'est un travail surhumain. Suis-je déjà si éloigné que mes cris n'atteignent plus le rivage? Et qu'est-ce que j'ai à foutre de ces périphrases allusives? Est-ce que je suis en train de crever?

— Ah! il ouvre les yeux, dit l'infirmier.

Le médecin, qui contemplait distraitement le paysage, reporte son attention sur l'homme lié à la civière. Surprenant qu'il puisse encore commander à ses paupières avec le crâne dans cet état! Sans doute une simple crispation nerveuse, à moins qu'il n'ait mobilisé tout ce qui lui reste de potentiel vital, par l'effet d'une pensée violente, pour accomplir ce geste d'ouvrir les yeux. De fait, dans le regard qui s'attache à lui, le médecin discerne une attention, la lueur d'une interrogation.

— Ne vous agitez pas, mon vieux; vous avez eu un accident de voiture. Je vous conduis à l'hôpital. On s'occupera de vous.

Le médecin dit cela par réflexe, à titre privé en quelque sorte. Officiellement, il ne croit pas que l'homme puisse entendre.

— Je lui fais de l'oxygène? dit l'infirmier.

Pourquoi pas? Oui, bien sûr, de l'oxygène... Le médecin se reproche ce désenchantement qu'il éprouve depuis quelques années. Jadis il eût lutté par principe, par respect pour les règles fondamentales de son métier. Vingt années de médecine rurale ne sont pas faites pour entretenir l'enthousiasme. L'idée lui semble une farce que des chirurgiens prennent livraison de ce moribond, établissent des diagnostics, mettent en action une énorme infrastructure de transfusion, de réanimation, de circuits artificiels, d'interventions méthodiques et vaines jusqu'à la dernière fibrillation du dernier muscle... On ne pense plus qu'à cela : prolonger.

A moins que l'homme ne soit médicalement mort avant d'arriver à l'hôpital. Un certificat d'entrée ou un certificat de décès, l'un ne prend pas plus de temps que l'autre.

— Oui, oui, dit le médecin, faites-lui de l'oxygène.

Je n'ai jamais entendu plus belle phrase :

— *Ne vous agitez pas, mon vieux, vous avez eu un accident de voiture. Je vous conduis à l'hôpital. On s'occupera de vous.*

On s'occupera de moi. Donc, tout n'est pas perdu. On ne s'occupe pas d'un cas désespéré. Je subirai quelques jours ou semaines difficiles, quelques séquelles me rappelleront plus tard que, dans un virage, sur la route de Rennes, mon destin s'est joué sur les hésitations d'un marchand de cochons. Si même je devais supporter des infirmités accessoires, car enfin on ne reste plus complètement infirme aujourd'hui, je l'accepterais au nom de cette rémission que le hasard me consent. J'aurais détesté cette fin accidentelle. Je ne suis pas de ceux qui souhaitent une mort subite. Que l'on puisse dire de moi « il a eu une belle mort, il ne s'est rendu compte de rien » me paraît le comble de la disgrâce. La mort est une chose trop sérieuse pour l'affronter à la sauvette.

L'idée d'une longue convalescence me séduit par certains côtés. Je pourrais enfin relire Proust ou *Guerre et Paix* ou un autre chef-d'œuvre postopératoire.

Hélène viendra s'installer quai Voltaire... Ne pas oublier de détruire cette lettre. Voici un beau sujet de drame : une femme apprend par une lettre bêtement conservée dans une poche que l'homme qu'elle aime a décidé de la quitter. Cette résolution est absolument anachronique, l'homme a écrit cette lettre trois mois plus tôt dans un mouvement d'humeur. Il ne l'a pas expédiée parce qu'il la tient pour une sottise, mais qui le saura jamais ? Pas la femme, qui lit avec stupeur :

Hélène. (Je ne pouvais pas écrire « ma chérie », « chère Hélène » aurait été grotesque entre nous.) *Nous avions dé-cidé de ne pas nous marier pour éviter les pièges de l'habitude et du confort sentimental, le plus triste état pour des amants.* (Absurde! Cette crainte de l'intimité quotidienne participe d'une mesquinerie de cœur. Lorsque je serai sur pied j'épouserai Hélène.) *Mais le perpétuel état d'alerte dans lequel nous vivons me devient insupportable.* (Et par quoi de mieux pourrais-je le remplacer?) *J'en arriverais à préférer une vraie scène bête et méchante à cette exigence qui te tient sans défaillance aux aguets de ce que tu appelles « mes ficelles ». Je revendique le droit à la faiblesse et je trouve parfois écrasant le prix qu'il faut payer les sommets où tu veux nous maintenir.* (Le prix qu'il faut payer, quel calcul d'épicier!) *Tu es rugueuse, Hélène, et sans complaisance, ce qui passe communément pour une haute qualité mais qui ne rend pas la vie facile. Nous ne vivrons pas ensemble nos vacances d'été.* (Tu vois bien que c'était une blague puisque nous ne nous sommes pas quittés!) *J'ai vulgairement* (parfaitement juste) *besoin de prendre l'air et des distances avec le microscope sous lequel tu me tiens en observation. Je sais que tu m'aimes et je t'aime aussi mais* (ce « mais » est ignoble. Je t'aime sans « mais », sans « si » et sans « pourquoi ». Je t'aime comme mon pain et mon sel, je t'aime, mon cœur) *une certaine légèreté me manque sans laquelle je respire mal. Je veux être un peu innocent. Je connais trop ta bonne foi pour ne pas être certain que tu vas réfléchir au cours de cette séparation. Il ne tient qu'à toi qu'elle ne soit qu'un entracte et non pas un baisser de rideau inimaginable.* (Un rien de coquetterie dans le style, une pincée de chantage, un modèle du genre!) *Tu trouveras lâche que je t'écrive plutôt que de dire les choses en face. Les choses en face : ta locution favorite. Professionnellement, je me méfie des excès où vous entraînent les improvisations verbales mais nous parlerons de tout cela quand tu voudras. Je t'embrasse.* (Et veuillez agréer, mon salaud, un grand coup de botte dans le train.)

La femme lit cela et son univers bascule. Elle ne sait pas que l'homme a écrit cette lettre dans un moment d'irritation mesquine et il ne peut le lui dire, il ne lui dira jamais rien parce qu'il achève de se raidir sur le carreau d'une morgue. Le mensonge d'une seconde devient une vérité définitive. La femme est là, en face de ce billet qui abolit jusqu'aux racines de sa propre existence. Elle n'y comprend rien, sinon que le plus chaud de ses certitudes anciennes n'était que mensonge, ambiguïté, duperie. Elle découvre qu'il ne lui reste, dans cette déroute, pas même la douceur des larmes et que ses yeux violets se faneront dans la sécheresse. Elle parcourt les premiers instants d'un long cheminement amer. Et tout cela pour rien puisque la lettre est un faux conservé dans une poche par réflexe masochiste, une petite scorie sans densité, comme ces phrases qu'écrivent les enfants dans leur journal intime, un soir de tragédie scolaire : « Je hais mon père et ma mère. »

Oui, c'est bien là le genre de farce macabre où se complaît le destin ivrogne et malfaisant.

La première chose à faire est de jeter cette lettre où elle le mérite et de tirer la chasse d'eau.

En arrivant à l'hôpital, je demanderai ce service au médecin.

Je vais essayer de dormir quelques minutes, pour tuer le temps.

Je ne parviens pas à dormir à cause du bruit des sirènes. Je ne dépasse pas le stade de la torpeur et des visions indésirables viennent s'insérer dans le cours de mes pensées. Ce drame de la mort de Jamet, je l'avais exilé aux confins de ma mémoire et le voici qui me visite et s'impose avec une force détestable. Pauvre Jamet, ses bras trop longs, sa voix de fausset, sa timidité rougeoyante et son désir éperdu d'entrer dans notre bande nous inclinaient à la rigueur. Tous les adolescents ont formé de ces clans qui n'étaient pas encore les gangs d'aujourd'hui mais qui singeaient la société secrète par quelques mots de passe et l'épreuve d'entrée infligée aux postulants. Nous savions bien que Jamet eût marché pieds nus sur un tapis de braises pour l'honneur d'être admis dans notre familiarité. Vraiment je ne saurais dire qui a eu l'idée de cette épreuve démente. Lorsque, conformément aux termes de la mise en demeure, Jamet a « emprunté » une des voitures garées devant le cinéma nous aurions tous souhaité qu'il déclare forfait. Mais le fragile Jamet n'était pas de ceux qui renoncent et le respect humain nous empêchait de nous dédire. J'ai failli m'interposer lorsqu'il a démarré dans la vieille Citroën (je me souviens très bien que c'était une B 14), j'ai failli m'interposer mais je ne l'ai pas fait, aucun de nous n'a eu le courage de le faire. De même qu'aucun de nous n'aurait sans doute eu le courage aberrant de lancer la guimbarde aux limites de sa piètre vitesse, de la diriger, compteur bloqué, vers le croisement qu'on appelait les Six Routes et de risquer le coup de poker de traverser le rond-point en se fiant à la chance. Je savais que Jamet irait jusqu'au bout. En le prenant de plein fouet, le camion de lait l'a réduit en bouillie. Si j'étais mort aujourd'hui de la même façon, les parents de Jamet qui n'ont jamais (jamais Jamet, toujours Jamet, avons-nous assez joué à ces calembours!) désarmé leur haine à notre égard, les assassins de leur fils, ces parents si longtemps acharnés à nous maudire, auraient vu dans cette coïncidence un triomphe du Talion et invoqué les justices immanentes. S'ils savaient à quel point l'homme qui serait mort aujourd'hui ressemble peu au garçon de seize ans qui portait la responsabilité collective de cette absurde tragédie! Au fait, nous étions douze dans la bande, comme dans un peloton d'exécution. Naturellement, chacun garde l'espoir d'avoir tiré la balle à blanc.

Si j'étais mort aujourd'hui comme Jamet... Si j'étais mort? Pour un peu, j'aurais rejoint Bob au cimetière du Mans. D'abord il ne saurait pas que je suis là couché dans une tombe semblable à la sienne. Mais je trouverais le moyen, une nuit, à l'occasion de quelque danse macabre, de le reconnaître et de le surprendre. Il me dirait :

« Tu as vieilli, Pierre. »

« Toi, Bob, tu n'as pas changé. »

« Forcément. »

« Oui, forcément, moi j'ai continué à vivre, cela fait vieillir. »

Et ainsi de suite, comme dans une pièce d'Anouilh.

Au vrai, Bob le Trappeur s'en moque, à l'heure qu'il est, que je m'endorme dans des draps roses ou que je me décharne dans le cimetière du Mans, à deux pas de ses os. Et Jamet ne m'attend pas au seuil de l'éternité pour me dire :

« Allez, Delhomeau, sois chic, aide-moi à entrer dans la bande. »

Je sais cela, mais sur le chapitre de la mort on reste d'une incroyable puérilité. Le département de l'esprit affecté à ce problème ne suit pas l'évolution globale d'un intellect donné. Il se sclérose au niveau le plus rudimentaire. On se donne beaucoup de mal pour acquérir sur la vie, l'amour, la justice, l'amitié, la guerre et le reste, des idées sur mesure ou du moins dégraissées du plus gros des conventions et des niaiseries; mais qu'on frôle la mort d'un peu près et aussitôt resurgit l'enfant des cavernes, hanté d'impulsions confuses et d'images élémentaires, de visions simplistes d'un autre monde anthropomorphe qui ressemble à celui-ci comme un frère macabre.

J'ai envie d'une pomme. Pas une pomme bête, vernie en série dans une usine à pommes, mais une reinette qui ressemble exactement à l'odeur que j'ai respirée tout à l'heure dans le pré : jaune de peau avec cependant quelques traînées plus vives, presque rouges, et le début de tavelure qui fait une très mince écorce grise. Ces pommes-là, seulement celles-là, lorsque les dents les mordent, croquent et fondent en même temps et livrent dès la première bouchée la quintessence de leur goût. Ce bruit des dents blessant une reinette mûre, la sauvagerie d'une bouche qui attaque la chair d'un fruit — Aurélia le faisait comme personne — quel antidote à toute idée de mort! Je serais sauvé si Aurélia me tendait une pomme.

Une étrange sensation me visite qui participe du dédoublement et de cette clairvoyance hypertrophiée qui accompagne certains états de crise. Il me semble que j'ai fait un pas en arrière par rapport à moi-même et que cette distanciation inhabituelle me permet pour la première fois de me considérer de l'extérieur, en spectateur. Narcisse si l'on veut mais un Narcisse sans passion, simplement intéressé.

Évidemment, je me connais mais de la façon qu'on connaît les traits de son visage par l'image inversée d'un miroir. Autrement dit le reflet de soi. Alors qu'ici je m'écarte, j'ai le privilège de pouvoir me placer à bonne distance de lecture et de déchiffrer ce qui échappe aussi longtemps que l'observateur et l'observé demeurent confondus, toute la durée de la vie en somme! Je ne suis pas dupe d'hallucinations provoquées par un ébranlement nerveux ou je ne sais quelle fièvre. Je suis parfaitement lucide. C'est une expérience extraordinaire et précieuse. Au vrai, rien de spectaculaire : je ne me trouve qu'imperceptiblement différent. Mais c'est parfois la modification minime d'un détail qui change tout dans l'idée qu'on se forme de soi.

Il me reste peu de temps pour parfaire cette découverte car il est clair que je vais mourir. Je le sais depuis la seconde où j'ai vu le visage du marchand de cochons paralysé par la peur au volant de sa bétaillère, le visage même de la mort. J'ai essayé de tricher, de me raccrocher à des espoirs inconsistants, de trouver des arguments optimistes dans les bribes de phrases entendues alentour au lieu d'écouter la voix profonde et calme qui me dit que je vais mourir, ma propre voix, ce murmure intime qu'on écoute si rarement. On croit toujours que la mort est l'affaire des autres, on s'entête à demander pour qui sonne le glas et me voici soudain en face de mes fins dernières. Et me voici penché sur ce miroir où je me contemple pour la première fois, cet étang paisible dont je vais traverser la surface avant d'avoir profité de ce tête-à-tête troublant.

« ... *Et que déjà le soir nous divise, ô Narcisse, et glisse entre nous deux le fer qui coupe un fruit...* Eh oui, déjà! »

Quel soulagement de ne plus chercher à s'abuser! Cela simplifie les attitudes.

Je sais très bien de quoi je vais mourir. Depuis quelques années, je me résigne sournoisement à l'idée de ma mort. Auparavant, je refusais purement et simplement cette éventualité. A l'âge dc raison j'avais décidé de ne pas croire au rendez-vous de Samarcande, de nier que tout s'achève un jour. J'ai préservé longtemps cette foi superbe. Ce fut mon armure, ma certitude. La puissance de la mort s'arrête à cette frontière, elle ne prévaut pas contre une détermination. Cette vieille pute a besoin de la complicité de sa clientèle. On n'a jamais vu quelqu'un mourir malgré lui. L'homme est plus en sécurité dans un refus que dans une forteresse. Les obus dévient leur trajectoire, les maladies tournent court, les microbes se découragent, les marchands de cochons respectent le Stop. Mais il faut une force sans faille pour nier toujours. On se lasse, on compose. J'ai commencé à m'occuper de la mort. Aussitôt la mort s'est occupée de moi. J'ai eu la faiblesse d'envisager, d'admettre et c'est le commencement de la fin. Je vais payer cette lâcheté inévitable, tant pis pour moi!

On ne meurt que par fatigue et par résignation.

Je ne m'accorde pas le droit de me révolter. Il fallait le faire *avant*. Maintenant, ce serait futile et pas très honorable.

Depuis quelques instants le bruit des sirènes s'amortit. Aveugle et bientôt sourd je me résume à une mécanique intellectuelle, mon dernier lien avec ce monde qu'il va falloir quitter. Comment cela se passe-t-il? Une brume, sans doute, les mots qui s'esquivent et se refusent, un début d'incohérence, et puis? Évidemment la tentation de songer à la vie éternelle! J'ai craint l'enfer pendant longtemps dans le collège de mon adolescence où l'on m'enseignait que les premières chaleurs de la chair risquent de conduire aux fournaises du diable, à l'époque où les expédients solitaires n'atteignent pas encore au plaisir mais sont un péché désespérément nécessaire, honteux, aimable, souhaité, haï. Je redoutais d'avoir un jour à payer le prix exorbitant de mes émotions clandestines puis, un peu plus tard, des gymnastiques élémentaires que m'autorisait au coin des haies une fille dont j'ai oublié le nom. J'ai été damné au fil des jours interminables et malheureux au-delà de mes forces.

Puis j'ai cessé de craindre. Ce qui m'a séparé du Dieu dont on m'apprenait les colères et les rancunes infinies, c'est je crois la répugnance à tenir le remords pour salutaire. J'ai contracté très jeune le ferme propos de ne pas regretter. Je motivais malaisément cette éthique mais je sais aujourd'hui, comme tout le monde, que le remords est une tentative piteuse de « modifier le passé ».

Pourtant comment ne pas espérer en une survie quelconque ? Mais laquelle ?

L'enfer serait de retrouver je ne sais dans quels verts pâturages la troupe hétéroclite de tous ceux qui, de près ou de loin, ont traversé ma vie. Mais la peur du vide invite à imaginer une compagnie. Il faudrait pouvoir choisir.

Ce blondinet que j'ai tué en forêt de Fougères, je voudrais lui offrir une revanche. Il ne s'attendait pas à voir en face de lui une sorte de Robin des Bois pouilleux. Il rêvait, je crois. Il avait accroché à la boutonnière de son uniforme vert un brin de bruyère. Je ne m'attendais pas non plus à tomber sur un Allemand isolé. D'ordinaire ils se méfiaient de la proximité du maquis et ne patrouillaient qu'en groupe. Celui-là cédait sans doute à un accès de romantisme. Et puis la bruyère, la douceur du sous-bois... Nous nous sommes regardés un long moment, sans bouger. Il avait mon âge et des taches de rousseur, comme Aurélia. Nous cherchions quelque chose à nous dire et si nous avions trouvé les mots convenables tout se serait arrangé. Mais dans des circonstances semblables on ne sait plus parler. Il a dirigé la main vers sa mitraillette en bandoulière et j'ai tiré, obéissant aux règles du jeu. Je visais le brin de bruyère. il a porté les mains à son ventre; j'oubliais toujours que mon Herstal tirait trop bas. Ce garçon étendu dans le fossé, je ne pouvais pas le laisser crever avec une balle dans le ventre. Lorsque j'ai approché le canon de mon revolver de son oreille il s'est retenu de gémir pour me faire, du regard, un signe où il entrait moins de colère que de surprise et d'envie de s'expliquer. Je n'avais pas le temps, le bruit du premier coup de feu risquait d'attirer ses camarades. Je n'ai jamais su ce qu'il voulait me dire. Nous étions très jeunes, trop jeunes, venus avant terme à la guerre qui faisait de nous des prématurés de l'âge adulte. Oui, j'aimerais le retrouver, ce soldat imprudent qui se laissait aller à suivre un parfum de mousse et de bruyère en fleur. Il aurait plu à Bob.

Pour un voyage imprévu on fait ses valises à la hâte et dans le désordre de l'improvisation on se retrouve aux antipodes avec vingt cravates et pas de chemise. Je n'étais pas préparé à ce voyage et je rassemble au hasard des bagages dans lesquels j'oublie l'essentiel. Ces souvenirs que j'entasse à la volée je ne les choisis pas, ils s'offrent et à regarder de près ils sont moins hétéroclites qu'il n'y paraît : la mort y détient la majorité.

L'idée d'un possible néant me cause moins de panique que je ne le redoutais, moins de révolte aussi. Ce corps brisé sur le brancard de l'ambulance, je le plains mais il me reste curieusement étranger par bien des côtés. Je lui sais gré de ne pas me torturer mais il me trahissait au jour le jour par de menues déchéances sournoises. De plus en plus je devais ruser avec lui, pallier chacune de ses nouvelles faiblesses par des soins déplaisants. D'abord je n'y prenais pas garde. Puis j'ai vu les corps de mon âge changer autour de moi. Un jour surtout j'ai vu le temps à l'œuvre, je l'ai pris en flagrant délit.

Elle m'a dit :

« Pourquoi me regardes-tu comme cela ? »

Je ne pouvais lui expliquer. Elle était très belle et la nudité lui allait bien. Mais sur ce corps dont je croyais n'ignorer rien voici que j'apercevais une différence, une modification plutôt.

Elle dit :

« Tu as un œil de commissaire-priseur. »

Existaient-ils, la veille, cet imperceptible fléchissement de la silhouette, cette inexactitude de la chair à suivre fermement les jeux des muscles, ce relâchement presque invisible d'un corps pourtant au comble de sa grâce ? Ou bien n'était-ce qu'une soudaine clairvoyance ?

J'ai détourné les yeux vers moi-même et j'ai été brusquement effrayé de me trouver si peu semblable à l'idée fixe, je veux dire au cliché que je gardais de moi. Par petites touches et profitant d'une inattention commode, mon corps avait entamé à mon insu le long processus d'abdication qui lui permettrait un jour de m'abandonner tout à fait.

Elle dit :

« Comme tu es sérieux, soudain! »

On ne devrait pas laisser aux jeunes gens ces corps qu'ils gaspillent et dont ils ont l'impudence de croire que la perfection, la docilité, vont de soi. Aujourd'hui je saurais donner à mon corps d'adolescent les fêtes qu'il méritait.

Il faudrait mettre de l'ordre dans ces idées profuses et décousues.

J'éprouve de la surprise à aborder avec si peu de gravité une mort improvisée. Je ne me croyais pas cette légèreté foncière. Non pas que je me résigne à ce destin de victime anecdotique d'un marchand de cochons. J'aurais voulu qu'on me laisse le temps de mourir. Je ne sais pas comment expliquer cela : le temps de mourir, comme on prend le temps de vivre. J'avais depuis longtemps décidé de ne pas rejoindre la troupe désuète des gens d'âge qui s'obstinent, qui s'accrochent. J'aurais été un vieillard modèle, larguant chaque jour une amarre, m'appliquant au désintérêt. A force de couper patiemment les mille liens qui rattachent à la vie j'en serais arrivé à n'être plus retenu que par l'ancre de miséricorde et je serais mort, non pas sans doute à ma guise mais enfin j'aurais participé à ma fin. Je serais mort, on ne m'aurait pas tué comme c'est le cas !

Le temps, le temps, le temps ne signifie plus rien, absolument rien. Je ne sais pas combien de temps il me reste à vaticiner ainsi dans une ombre qui est désormais ma patrie. On ne compte pas en minutes au seuil d'une éternité douteuse.

Quelque vain que cela soit, j'aimerais évaluer mon juste poids sur la terre. A tout le moins ne pas me tromper sur le choix des balances. Ce poids équivaut au vide que creusera mon absence. C'est le vieux problème du récipient plein d'eau; on plonge un solide, l'eau déborde, ensuite on mesure le volume d'eau qui manque et je ne sais trop quoi... Oui, c'est élémentaire, je pèse le volume de sentiment que ma mort fera déborder.

D'abord Hélène... Le chagrin d'Hélène sera massif et silencieux. Elle pleurera seule, longtemps, amèrement, sans rien laisser voir aux autres de ses blessures. Elle est la principale caution de ma densité. Grâce à elle, mon nom continuera d'être prononcé (Pierre était,

Pierre disait, Pierre faisait...) car toutes les femmes qui ont aimé un homme en deviennent le conservatoire et le musée. Mais Hélène n'appartient pas à la race faible qui laisse le chagrin et les souvenirs empâter la vie. Voilà le problème : Hélène sera vivante. Comme seront vivants les amis qui me pleureront, les femmes qui se souviendront dans leur lit chaud de m'avoir caressé, vivants le bâtonnier qui prononcera mon éloge funèbre et les confrères qui se partageront mes dossiers. Comment demander à des vivants une fidélité contre nature ?

En revenant du cimetière où les pelletées de terre tombaient sur le cercueil de mon père, un détail a révolté l'enfant que j'étais. Nous, la famille et les amis, nous avons mangé. Je n'ai jamais oublié le goût de cette langue de bœuf sacrilège que mastiquaient consciencieusement nos bouches vivantes. Je songeais à la bouche bleue à jamais close et je mangeais et je trouvais à cette langue de bœuf un goût inimitable. Elle consacrait notre supériorité infinie, elle me rassurait, mais quelle traîtrise, quel abandon !

Tous ceux qui m'aiment mangeront *après* et cela démontre assez le relatif de mon importance.

La vie ne s'arrête que pour moi et les regrets ne pèsent pas lourd en face de cette constatation. Il faut donc aborder la mort dans un état de grande humilité.

Certains jours privilégiés d'arrière-saison, en Bretagne, le lever du jour ressemble au paysage mental qui m'entoure actuellement. La brise d'ouest qui s'éveille tard est encore assoupie. Loin derrière l'horizon le soleil n'envoie qu'une lumière indirecte sur les brumes matinales. La mer et le ciel, du même étain poli, se confondent dans une commune immobilité. Le silence est immense. Le regard cherche en vain où se poser, où se reposer dans cet espace sans géométrie. A égale distance de la mer et du ciel le bateau flotte irréellement, suspendu dans un univers de nacre.

Je flotte ainsi dans un monde sans mouvements, sans contours et sans bruits, à mi-chemin de la vie et de la mort, encore dans l'une, déjà dans l'autre. Où est l'horizon?

Une petite lueur, celle du briquet de mon père, éclaire un coin de vérité. Après le cimetière et la langue de bœuf, on a fait les poches du défunt. Je ne me souviens pas bien du détail de l'inventaire sinon du briquet que ma mère m'a tendu entre deux larmes : une douille de cuivre comme on en façonnait dans les tranchées de l'autre guerre, pendant les intervalles des boucheries. Papa y était attaché en mémoire je ne sais de quel copain écrabouillé du côté de la Marne et qui s'appelait Albert. C'était le briquet d'Albert : un gros truc lourd, laid. Même gorgé d'essence il n'acceptait que rarement de produire une flamme charbonneuse et pestilentielle. Papa tirait un orgueil enfantin du fait qu'en se noircissant le pouce, il parvenait souvent à l'allumer du premier coup. Il disait :

« Ce briquet-là ne connaît que son maître. »

Et voici que j'héritais de cette relique dérisoire. Dix fois, sans succès, j'ai essayé de l'allumer. Maman a redoublé de sanglots :

« Ton père disait toujours : " Ce briquet-là ne connaît que son maître. ". » Puis : « N'essuie pas ton pouce sur ton mouchoir propre. »

On a rangé le briquet dans un tiroir et je ne comprends qu'aujourd'hui à quel point ce geste enterrait plus profondément mon père et même Albert, par ricochet. Cet objet façonné par les outils rudimentaires du soldat en campagne n'existait comme briquet que par la vertu d'une connivence. Mon père disparu, l'objet retournait dans les limbes des choses inertes. Je l'ai bientôt oublié. Il n'a plus jamais servi. Ma mère a resservi, à moi, à son second mari, à ses amis. Évidemment elle a beaucoup compté dans la vie de mon père mais dans sa mort il me semble que le briquet pèse symboliquement plus lourd.

De même un certain nombre de choses mourront de ma mort alors que les êtres qui m'aiment le mieux resteront en deçà des enfers. Dans les Indes anciennes on brûlait les veuves. L'expédient ne valait que par sa rigueur et le défunt n'en restait pas moins seul. Il y avait plus d'intelligence de la mort dans la tradition d'Égypte qui encombrait les caveaux d'objets familiers. On soupçonnait justement que cet environnement amical assurait une sorte de survie. Je regrette de n'avoir pas placé aux côtés de mon père le briquet d'Albert et ce couteau de trois sous, Opinel à virole timbré de la Main couronnée, dont il parfaisait le fil avec une gravité méticuleuse et auquel nul à la maison n'eut jamais le droit de toucher.

Je n'aurai pas de pyramide. On ne m'entourera pas de ces choses de la vie dont l'importance m'apparaît soudain formidable :

les mâcres qu'on récolte en septembre dans les eaux noires de l'étang de la Poitevinière, qui protègent leur chair de châtaigne sous-marine sous les poignards d'une coque lisse et dure comme un vieux cuir, fruits de sorcières et de braconniers

le tableau anonyme (les Chagall et autres ne risquent pas le grenier) à gauche de la porte de mon bureau, ce paysage lavé, que j'ai toujours rêvé d'explorer pour voir si les peupliers sont vraiment si tremblants, les collines si tendres, pour découvrir enfin la façade entière d'une maison dont le peintre n'a révélé que la corne du toit et cela suffit à suggérer une harmonie miraculeuse qui mourra comme le briquet d'Albert

le suc violent des mangues sauvages de cet arbre, à Mooréa, au bord d'une rivière où nagent les chevrettes

le froissement du ressac sur la plage de Pendruc, par petite brise chaude de suroît, le soir quand les rouleaux sages déploient leur frange d'écume avec langueur sur le sable

l'odeur de ces fleurs que j'ai respirées il y a un instant, il y a mille ans, dans le champ après l'accident, qui ne sont pas des ancolies et dont Hélène me dirait le nom, ces clochettes d'automne qui ont sonné la fin de ma récréation

toute la maison de La Barre parce que les maisons sont les plus périssables des choses humaines, qu'un instant d'indifférence les achemine vers la décrépitude, puis le chaos. J'ai vu se dégrader et mourir en quelques années des maisons construites à l'épreuve du temps qui ne résistaient pas à un moment d'oubli, massives et dures en pure perte lorsque l'abandon les livrait à elles-mêmes. Qui saura fermer la porte-fenêtre du jardin dont les paumelles insuffisantes font travailler les gonds à faux? Si l'on pousse sottement le panneau sans accompagner le mouvement d'une légère traction vers l'intérieur, les ferrures augmenteront leur jeu et l'ensemble se désarticulera en moins d'un mois. Et je ne donne pas longtemps à vivre à mon fauteuil avec cette faiblesse du bras gauche que je suis seul à ménager parce que je sais que sous le velours un tenon devenu friable tombera en poudre à la première brutalité. Bertrand, avec sa manie de s'asseoir sur les bras des fauteuils... Bertrand, tu ignoreras toujours combien j'ai peu pensé à toi à l'heure de ma mort et c'est tant mieux car tu ne comprendrais pas cette indifférence apparente, plutôt tu la comprendrais de travers. Tu es une part importante de ma vie, tu en as été la plus grande part. Je me souviens du jour où, sur le mur de la salle de bains où je mesurais ta croissance, la toise a marqué un mètre, exactement un mètre. J'ai pensé que tu représentais pour moi infiniment plus que la dix-millionième partie du quart du méridien terrestre, tu étais l'univers entier dans toutes ses dimensions, mon étalon unique, l'unité de référence la plus exacte, mon nombre d'or. Mais nous traversons à présent la mauvaise période classique où le père se fait pesant par inertie, par incapacité ou refus délibéré d'accompagner l'enfant d'hier dans ces terres promises où il n'y a pas place pour deux. L'ami du garçon, le complice de l'adolescent, n'a plus rien à offrir au jeune homme qu'une censure plus ou moins discrète dont la vanité irrite. Pardon, Bertrand, mais je n'aime que théoriquement le personnage que tu es actuellement, il m'est étranger par beaucoup de côtés et je sais que toi-même tu m'as éloigné au second plan de ton paysage sentimental. Tu soupçonnes que je n'aime pas Béatrice. Il est vrai qu'elle représente tout ce que je déteste, à la beauté près et je t'accorde qu'elle est belle, même à La Barre où elle se croit tenue de se travestir en déportée polonaise.

« Tu as quelque chose à lui reprocher ? »

Je t'ai répondu non parce que ce qui
me déplaît en ta femme semble te
combler, cette niaiserie de fausse jeune
fille vierge de la tête au pieds, sexe
exclu, ce sourire unique composé une
fois pour toutes, le même pour chaque
occasion, cette façon à l'approche d'un
homme de paraître entrer en état de
succulence délicate, ce côté cristal-
ne-me-touchez-pas-ou-je-casse qui fait
les meilleures centenaires...

A quoi bon, Bertrand ? Au reste, le
purgatoire de la froideur et des distances
est sans doute inévitable et nous aurions
retrouvé plus tard, d'égal à égal, des
relations plus chaudes. Tout cela n'est
qu'une écume superficielle mais cela
t'écarte de mon chevet en ces instants où
je dois ne penser qu'à moi. Comprends
cela, Bertrand, mon destin est sur le
point de se résoudre, je suis seul sur une
civière et je dois ne penser qu'à moi
puisque la solitude est mon partage.
J'ai acquis ce droit — ou cette infirmité,
comme tu voudras ! — à cause de deux
secondes hasardeuses qui m'ont arraché

de ma vie pour me lancer dans cette péripétie. Saurai-je jamais à quel moment le décompte de ces secondes a basculé dans l'irréversible ? Tu vois, je m'en tiens à des préoccupations assez frivoles, en tout cas inutiles puisque ces secondes-là sont acquises pour l'éternité. Mais considérée de la place où je suis l'échelle des valeurs s'inverse curieusement du zéro à l'infini et la gravité des vivants à part entière prête à sourire. On naît en état de mort et l'on se réfugie dans la grandiloquence qui est l'ivrognerie de l'âme et l'on s'efforce de provoquer avec ses idées un fracas que l'on voudrait majestueux et l'on se satisfait de ce menu tumulte jusqu'à ce que l'on parvienne au bord du vrai silence. J'y suis et si j'avais le temps, je t'expliquerais... Tu sais, dans *Citizen Kane*, lorsque Kane va mourir il prononce un mot, *Rosebud*, et chacun se demande quel message contient la dernière parole du géant, quelle clef constitue cette formule magique par quoi se clôt une existence hors du commun. A la fin du film on apprend que *Rosebud* n'est qu'un nom inscrit sur la petite luge d'enfant à laquelle le grand Kane n'avait sans doute pas pensé une seule fois au cours de sa vie magnifique mais qui mobilisait l'ultime démarche consciente du bâtisseur d'un empire. Cela ressemble assez à ce que je voudrais t'expliquer.

Je n'ai pas créé d'empire, je suis seulement devenu célèbre avec tout ce que le « succès » comporte de vulgarité mais, parvenu au même point que le citoyen Kane, la vérité de ce *Rosebud* me frappe comme une révélation. L'important pour les morts c'est l'anecdote, ce sont les détails, les choses, pas les idées. Je ne sais ce qui m'attend, du néant, d'un abîme fangeux ou d'un Éden imprécis mais, dans tous les cas, comme le savoir humain doit sembler infime, borné, périmé !

Je ne te prêche pas que tout n'est que vanité. J'aime les mots et les idées, leurs jeux et leurs chocs. Sache seulement qu'à la fin du compte ils ne pèsent rien. Des millions « d'autres » continueront à agiter mes propres mots, mes propres idées sur la morale, l'amour, la justice, Jung ou la guerre du Viêt-Nam. Mon absence ne creusera pas le moindre vide visible et ne provoquera pas un demi-soupir dans ce concert où les exécutants sont interchangeables. En revanche, on brûlera *Rosebud*, tu casseras mon fauteuil, le petit tableau de mon bureau s'empoussiérera dans un grenier, des fleurs, des parfums, des choses mourront parce que meurt avec moi le goût secret que j'ai pour eux et que pour eux seulement je suis irremplaçable. Toi, mon chéri, tu n'auras pas mal longtemps, grâce à Dieu. (Je ne voudrais pas prononcer le nom de Dieu et moins encore l'évoquer. C'est trop tard ou trop tôt. On verra tout à l'heure.)

Nous avions perdu l'habitude de bavarder ensemble, Bertrand. Ce monologue d'outre-vie me fait du bien malgré son décousu. Je ne te demande que d'être là et d'écouter. Je m'inquiète ridiculement de la façon dont ils vont faire ma « toilette ». Les infirmières peignent les gens n'importe comment. Tu sais que je peux être ridicule avec cet épi sur la tempe gauche qui s'épanouit en toupet si l'on n'y prend garde mais aussi comme les cheveux trop plaqués me font la figure d'un danseur de tango. Tu me diras qu'il vaudrait mieux m'occuper de mon âme. J'imagine que je ne peux plus rien pour elle. Et puis on est en droit de demander à Dieu non seulement de reconnaître les siens mais d'accepter les autres.

Je déconne, Bertrand, parce que je suis las et que la peur rôde. A mon âge on ne peut faire cohabiter une bonne conscience et une bonne mémoire : incompatibilité totale! J'ai bonne mémoire.

Je ne t'ai jamais parlé d'Aurélia. Elle est générale, je veux dire femme d'un général, par conséquent une générale. Précédemment nous étions jeunes, elle avait la marche légère et de longues jambes de faon — tu sais, Aragon... — et elle passait les vacances près de La Barre. Maman si attentive à ne pas me contraindre inutilement ne comprenait pas combien pesait à un garçon de treize ans l'obligation d'aller ramasser du crottin pour les fleurs. Je haïssais la phrase rituelle :

« Pierre, prends le vieux seau et le ramasse-bourriette (personne ne dit plus ramasse-bourriette, c'était la pelle plate du balayage) et va chercher du crottin pour les rosiers. »

Il fallait partir sur la route. Un jour Aurélia m'a surpris dans cette occupation infamante. Elle montait une jument demi-sang, l'image même de la jeunesse dorée, désinvolte, superbe. Elle s'est arrêtée devant moi, écrasé de honte avec mon seau et mon ramasse-bourriette. J'ai dit :

« Je ramasse du crottin. »

Elle a dit :

« Ah! oui, pour les rosiers. »

C'était à la campagne une habitude qui n'étonnait personne et j'étais sans doute le seul à m'en trouver humilié.

Sa salope de jument a choisi cet instant pour se défaire du plus formidable tas de crottin que puisse espérer un horticulteur.

« Chic! » a dit Aurélia, sans malice.

Et j'ai dû, empourpré de rage, me courber devant mon amazone et récolter cette montagne fumante.

Faut-il que les morts soient légers pour

que me poursuive jusqu'ici le souvenir de cette mortification abominable, la pire de ma vie, et je mesure mes mots.

Plus tard j'ai aimé Aurélia, un jour comme aujourd'hui, à cause d'une odeur de foin coupé. J'ai aimé Aurélia mais j'ai épousé ta mère, en partie à cause de toi. Puis j'ai quitté ta mère et je pense à Aurélia. Je n'ai pas le temps de t'expliquer. Le premier nom qu'on se grave dans le cœur grandit avec l'écorce.

Tu vas hériter de La Barre. Je voulais donner la maison à Hélène à cause du camélia qu'elle y a planté. Tu ne planteras jamais rien à La Barre, surtout pas un camélia qui fleurit à l'époque où Béatrice a besoin du soleil d'Avoriaz — « Père, comment pouvez-vous ne pas aimer le ski? » — pour fragiliser par contraste sa blondeur précieuse. Donne La Barre à Hélène, elle y cultivera mes souvenirs. Je voulais le faire mais les avocats ont horreur d'écrire des testaments. Ils ne peuvent les rédiger sans rire.

Tu vois, je commence à avoir des dernières volontés! On n'échappe pas aux conventions.

Lorsque j'ai vu la bétaillère arrêtée au milieu du virage, je n'ai pensé qu'au problème posé : soit un véhicule roulant à X km/h... à la rencontre d'un obstacle placé à X mètres. Calculez le temps T, etc. Je gaspillais ainsi les secondes pendant lesquelles je pouvais regarder les choses en sachant que c'était pour la dernière fois. Je dis bien regarder et non pas voir vaguement. Je me suis conduit comme si je devais d'évidence demeurer dans les merveilles du monde et par cette ignorance et cette négligence me voici démuni d'une joie déchirante.

T'ai-je raconté l'exécution de l'un des clients du patron sous qui je faisais mes premières armes de stagiaire ? Au lendemain de la guerre, la guillotine manquait d'essence pour voyager, on avait demandé à un peloton de F.F.I. d'y suppléer. Mais on ne s'improvise pas bourreau et l'affaire avait tourné à la comédie. Nous étions arrivés trop tôt sur le polygone de tir. Il faisait encore noir. Nous avons attendu plus d'une demi-heure — (dans le fourgon, à cause du froid) — l'homme à tuer et nous autres gendarmes, juge, procureur, aumônier et moi chargé de remplacer mon patron retenu à la chambre par un gros rhume. (J'avais dit « pneumonie » au condamné car l'image de l'avocat sirotant des grogs sous l'édredon me paraissait un peu choquante.) Dehors, le lieutenant qui commandait le peloton s'impatientait. Nul n'avait songé à planter un poteau.

« Et avec quoi je lui bande les yeux? disait le lieutenant, quel bordel... »

Un soldat de bonne volonté proposait son mouchoir « pas trop propre mais assez grand et de toute façon... »

Le procureur, à la recherche d'une attitude, consultait sa montre à la dérobée et tendait généreusement son paquet de Gitanes au condamné... — mais si, je vous assure, j'ai des réserves...

Je ne disais rien. Je trouvais singulière l'attitude de l'homme qu'on allait tuer. Aujourd'hui je la comprends si bien! Il savait qu'il mourrait bientôt et il regardait. Il ne laissait pas les images défiler devant lui, il allait à la rencontre de chacune et la détaillait avec beaucoup d'attention. Littéralement, il posait ses regards sur les choses et les déchiffrait lentement. L'univers borné du fourgon à peine éclairé par un plafonnier trop faible n'offrait pas un grand choix d'images mais l'homme savait qu'il voyait pour la dernière fois le grain d'une moleskine, le métal d'une poignée, les mouvements, les visages, mille détails infimes et considérables pour lui seul parce qu'ils résumaient le monde des vivants. Je crois qu'il ne pensait pas. Il faisait provision de signes, il amassait les menus messages d'un univers familier et s'en fortifiait.

J'aurais dû, tout à l'heure sur la route, prendre le temps de regarder avec intensité l'eau et le vent, les arbres et cet enfant minuscule qui courait à la lisière d'un bois et les roses devant la ferme. L'inattention des vivants est confondante. En fait, on ne voit que ce qui s'inscrit dans le champ des œillères de nos préoccupations du moment. As-tu remarqué ? Lorsqu'on possède une voiture neuve, fût-elle d'un modèle rare, on ne voit plus que les voitures de cette marque. Après mon accident de Tripoli, quand je marchais avec des cannes, Paris était peuplé d'infirmes. Il y a cent fois plus de barbus si l'on se laisse pousser la barbe. On ne fait que projeter autour de soi son petit cinéma intime. Je l'ai souvent constaté à l'occasion de procès où dix témoins, face au même événement, n'en avaient retenu chacun que le détail ou la péripétie correspondant à son état d'âme de l'instant. Ce phénomène de vision sélective est universel et sa puérilité me consterne. Tant de merveilles prodiguées vainement devant des yeux à demi clos !

Je voudrais que vous m'aidiez, Bertrand, toi, Hélène, Aurélia, Bob, le médecin, le monde entier parce que c'est affreux de mourir, ce n'est pas le sort de tous comme on dit ignoblement, c'est chaque fois un drame terriblement particulier. Pour moi-même je suis unique, je ne suis pas un homme sur des milliards qui va mourir. Je vous en supplie tous, faites quelque chose, soyez ici, parlez, plaignez-moi. Quoi de plus important que ce qui va m'arriver? Qu'est-ce que l'humanité si elle ne suspend pas son souffle quand un homme crève? Faites quelque chose, tous, l'un de vous a peur.

Il pleut lorsque l'ambulance précédée de ses deux motocyclistes entre dans l'hôpital de Laval et fonce vers le service des urgences. Avec l'économie de temps et de gestes que confère la routine, l'hôpital s'ouvre devant le nouvel arrivant, le prend en main et l'assimile. A croire que sa place est prévue de toute éternité. De fait, Pierre Delhomeau, quarante-quatre ans, avocat à la Cour, suit une filière parfaitement définie par des techniciens. Les statistiques enseignent que l'hôpital de Laval doit faire face à X urgences par vingt-quatre heures. En tant qu' « urgence » Pierre Delhomeau est attendu, sa place est prête. Les statistiques savaient qu'il viendrait, lui ou un autre. Alors même qu'il roulait à 140 km/h en vue du lieu-dit La Providence, on mettait des draps propres sur le lit de la chambre 7, pavillon de chirurgie. Il était déjà « le 7 ».

Une infirmière téléphone à la salle de garde :

— Urgence au 7.

Et l'interne referme le magazine qu'il parcourait en attendant Pierre Delhomeau ou tout autre individu destiné ce matin à jouer le rôle de l' « urgence ». Tout est dans l'ordre.

Les deux gendarmes font les cent pas dans le couloir. Ils voudraient savoir s'ils doivent rédiger un rapport sur un accident mortel ou sur un accident grave.

Le médecin salue son jeune confrère et lui résume succinctement son premier diagnostic.

— Je lui ai fait du camphre et de l'oxygène...

L'interne dit « oui... oui... » et examine le visage qu'une infirmière lave du sang coagulé. Pas de blessure à la face. L'interne cherche où il a déjà vu cette tête.

— Si vous permettez, dit le médecin, je me sauve...

L'interne dit « oui... oui... » et fouille dans sa mémoire. Le scalp rabattu de guingois sur le crâne forme une moumoute poisseuse mais malgré ce postiche l'interne reconnaît, croit reconnaître... Les visages célèbres, souvent reproduits dans la presse, ont un air de famille même si l'on ne les identifie pas précisément.

Les deux infirmières savent par cœur les deux termes de l'alternative. Ou bien le cas est désespéré et il n'y a qu'à attendre, ou bien l'interne va dire « allons-y » et tout s'enchaînera mécaniquement : groupe sanguin, transfusion, radio, bloc opératoire...

L'interne, posément, expertise son malade. Peu de chances de le tirer d'affaire mais sait-on jamais? Il va décider souverainement. Se retirer et fermer la porte ou mettre en branle l'énorme appareil de sauvetage avec une chance sur... sur...?

L'interne hésite. Puis il soulève les paupières de l'homme inerte. Les yeux bougent, une sorte de lueur s'y allume, une étincelle qui peut être encore la vie.

L'interne dit :

— Allons-y.

Au même instant il reconnaît le blessé parce que le bref regard de celui-ci a réveillé le souvenir d'un récent débat télévisé sur la peine de mort.

— C'est Delhomeau, l'avocat. Téléphonez au patron, il préférera sans doute être là. (Sous-entendu : pour le communiqué à la presse, en tout cas.)

L'interne quitte la chambre pour aller s'habiller au bloc 2. Dans le couloir les gendarmes interrogent :

— A votre avis, docteur, qu'est-ce qu'on indique sur le rapport?

L'interne fait la moue :

— Blessures multiples. On ne peut encore rien dire.

Il s'éloigne. Le plus âgé des deux gendarmes hausse les épaules. Il ne faut pas être plus royaliste que le roi.

— On mettra : la victime atteinte de blessures multiples a été transportée à l'hôpital.

Ce physicien russe, comment s'appelle-t-il? On l'a relevé mort après un accident de voiture comme moi. Il était médicalement mort. J'ai lu le récit de ce cas extraordinaire. La science soviétique a mobilisé toutes ses ressources pour sauver un chercheur irremplaçable. On a même fait appel à des médecins étrangers. On a ranimé ce mort. Pendant des semaines les plus grands chirurgiens du monde se sont relayés à son chevet. Quatre fois l'homme est mort. Quatre fois on lui a insufflé une vie artificielle, j'ai oublié les détails mais je me souviens que la lecture était fascinante de cette lutte contre une inadmissible fatalité. Sa tombe était ouverte, on l'en a arraché de force. Il a repris son poste à l'université de Moscou.

Je ne suis pas mort. Le médecin n'avait pas menti. Je suis à l'hôpital. On va s'occuper de moi. On va s'occuper de me faire vivre. Ils ont tout ce qu'il faut. J'ai ouvert les yeux et repris ma place dans la vie. Merci, Seigneur, Dieu de Miséricorde... Les miracles de la médecine... J'ai vu des êtres humains. Je crois que je pleure et la joie me bouleverse. Cette lumière soudain dans mes yeux comme la première bouffée d'air après une asphyxie me redonne des forces incroyables. J'émerge de cette marée noire où je me laissais couler. En ce moment ils se préparent à me sauver, ils s'activent à choisir les meilleurs moyens, ils sélectionnent dans leur arsenal formidable les interventions exactement appropriées, les chimies nécessaires.

Je ne suis plus seul à me battre. Ai-je même besoin de continuer à me battre ? La relève est assurée, je puis me reposer sur eux. Me reposer, enfin ! Aussi longtemps que je vive je n'oublierai le goût de cette bouffée de lumière, ni cette silhouette blanche et floue qui s'inclinait vers moi, fantôme bienveillant dépêché vers moi par le monde que j'avais presque quitté.

Qu'ils se hâtent. Au reste rien ne prouve qu'ils n'ont pas déjà terminé leur ouvrage? J'ai perdu conscience et ils ont travaillé à me remettre en état de vie. Dans ce cas je m'éveille actuellement *après* l'opération. Le réanimateur — ce nom sublime! — observe mon retour à la surface. Il va me dire : « Soyez calme, l'opération a réussi, vous êtes sauvé. » Je n'entends rien encore sinon un lointain roulement, pas exactement un roulement, un bruit continu qui ondule. Ce n'est pas très désagréable.

L'opération a réussi puisque après cette nuit interminable je viens d'ouvrir les yeux. Je ne souffre pas parce que l'on m'a administré des drogues contre la douleur. Ce qui s'ensuivra est accessoire. Évidemment des moments difficiles mais à quoi bon penser aux transitions? La vie est de l'autre côté d'un passage dont la durée, quelle qu'elle soit, paraît dérisoire.

Je vais renaître et cette fois en connaissance de cause, naître en vérité plus que renaître car l'homme qui rentre chez lui après cette incursion à des frontières inconnues ne peut plus ressembler au conducteur de la MG à l'entrée du virage sans que cela implique des facultés d'oubli inimaginables. Je n'oublierai jamais.

Il me semble que j'aime l'homme qui s'avance, guéri, amputé d'une part de soi qui le rendait infirme, riche d'une connaissance périlleuse.

Comme les cachets d'un passeport son corps porte les visas des contrées redoutables où il s'est aventuré. Ces stigmates fortifient sa mémoire. Sa science nouvelle il ne peut la communiquer tant la tiennent pour banale et universellement partagée ceux qui n'ont pas accompli cette sorte de voyage.

Par exemple, il sait désormais que chaque seconde peut être la dernière. Tout le monde le sait mais une fois pour toutes. Lui, au contraire, ne cesse de le savoir et là réside la différence. Il tire de cette proposition une vérité dynamique et une morale.

L'autre, celui d'avant le virage, ne me plaisait qu'à moitié par sa propension à l'outrecuidance, la confusion de ses aspirations et les singeries de son intelligence. Pourtant il lègue à son successeur un considérable héritage : la vision claire de la minceur du bagage qu'il a failli emporter avec lui. En grande partie cet autre a vécu d'idées et de théorèmes jusqu'à l'instant de s'aviser qu'il ne serait plus rien si la mort débouchait sur le néant ou qu'à l'inverse il saurait tout dans l'hypothèse d'un au-delà où la connaissance est donnée, la science infuse. Ses philosophies devenaient donc inutiles dans le premier cas et caduques dans l'autre. Il leur accordait pourtant une valeur exorbitante au point de négliger les richesses concrètes que le monde lui prodiguait et dont il se trouve à jamais démuni.

Cet autre qui ne se relèvera jamais des débris de sa voiture apprend à son successeur l'importance de la démarche d'Ondine condamnée à oublier l'univers des hommes et précipitant dans le Rhin le mobilier baroque du burg qu'elle va quitter pour toujours, afin de courir la chance, sa mémoire abolie, de retrouver au fond des eaux par la fami-

liarité d'un objet des impressions dif-
fuses de son bonheur de petite humaine.

Voici donc le nouvel homme en pos-
session d'un capital de derniers instants
qu'il ne gaspillera pas car si le malheur
s'impose avec évidence et brutalité il
faut une attention en éveil pour ap-
préhender ne fût-ce que les reflets d'un
bonheur.

Pour la dernière fois il caresse la
femme qu'il aime, il en est caressé et ce
trouble et ce plaisir c'est toujours la
dernière fois qu'il les donne et les reçoit,
indéfiniment la dernière fois. Il n'y a
plus de place pour la médiocrité ou
l'habitude.

Pour la dernière fois, chaque matin
d'été, dans le jardin de La Barre il
regarde la femelle rousse du merle noir
casser les escargots sur une pierre et les
gober avec la voracité inquiète des
oiseaux. Et le trèfle rose s'éveille et
s'ouvre à l'appel du soleil, l'homme
cherche à deviner d'où viendra le premier souffle du vent qui fera la journée
vive ou lente.

Pour la dernière fois, plus souvent
qu'avant, il s'attable avec des amis qui

jugent excessive l'importance qu'il accorde à des choses aussi frivoles qu'un air de guitare, le corps d'un vin, le mouvement d'un visage, le rebond d'une idée ou d'un mot et la couleur du temps. L'accusation informulée de légèreté, il la devine et la comprend. Lui-même s'interroge parfois sur le bien-fondé de cette attitude. (Et accessoirement sur la signification de « bien-fondé ».) Il n'ignore pas que les mauvaises raisons ne sont pas mauvaises en soi mais que simplement on ne les trouve pas bonnes pour soi. Au vrai il est léger délibérément, en partie par une pente naturelle accentuée par l'expérience, en partie par répugnance à peser sur le destin d'autrui.

Il pratiquera donc l'égoïsme, la plus décriée des vertus. Sachant la solitude qui l'attend au seuil de la mort et que nul ne peut porter avec lui ce fardeau puisque le Christ lui-même, en haut du Golgotha, et véritablement homme cette fois, gémissait de l'abandon de son Père, il s'appliquera à faire de l'égoïsme un culte bienfaisant. Il plaidera pour l'égoïsme généreux, enrichissant, respectueux de l'égoïsme d'autrui. La volonté de n'être pas nuisible est le commencement de la vraie bonté.

On le trouvera bavard parce que les mots lui seront une nourriture après la menace d'un silence éternel.

Il avancera en âge, attentif à jouir. Les riens ensoleillés seront des fêtes.

Je ne suis encore que le support fragile et menacé de cet homme à naître. J'aimerais lui offrir un corps dont il puisse user sans trop de parcimonie, un compagnon de bonne volonté. Il le mérite.

Je le présenterai à Hélène et j'assisterai à leurs noces. Elle ne devinera pas qu'elle a changé d'amant, elle me trouvera simplement différent mais sans mesurer l'étendue de la métamorphose. A nous deux nous entraînerons Hélène à aimer la vie comme les morts savent le faire.

A quelques secondes près mon successeur ne serait pas né, avorté par omission ? J'aurais continué ma route aveugle jusqu'au prochain rendez-vous du destin. Il faudrait une bonne fois comprendre ce que signifient les hasards, établir s'il peut arriver que la Providence se trompe dans ses comptes.

Un certain temps vient de couler à vide, un incertain temps plutôt que je ne détermine pas. Je n'aime pas cela. Le vrombissement qui ondule dans ma tête change de tonalité, il devient à la fois plus grave et plus métallique.

Sur ce fond, une idée volette, bourdonne comme une mouche verte, se pose, je la chasse, elle revient, s'entête, hideuse, et je ne peux l'écraser. Une idée et une image : je suis dans ma voiture, quai Voltaire, je vais partir pour Rennes, mon moteur tourne, je viens de passer ma première, je commence à manœuvrer pour déboîter, Hélène est debout sur le trottoir, elle me dit quelque chose, je baisse ma glace pour entendre, elle dit :

— Sois prudent, ne roule pas trop vite...

Je souris, je démarre, je viens de perdre quelques secondes. A deux cent cinquante kilomètres de moi le marchand de cochons se tape un verre de calva. Je viens de perdre.

Est-ce que nous sommes vraiment des guignols et pour amuser qui ?

La profonde note d'orgue me corne aux oreilles. J'ai froid.

Une fois j'ai vu le rayon vert, le vrai, un soir sur la mer, du côté de l'Indonésie, juste après le coucher du soleil, un rayon large et net d'une couleur de fiction, une vibration, une essence terrible de vert.

Une autre fois j'ai vu aux Galapagos un cratère s'ouvrir à mes pieds dans la lave et la bulle d'une matière sulfureuse se gonfler, se distendre lourdement et me péter au visage un gaz impie, fermenté depuis les origines et qui suggérait toutes les éventualités putrides des cauchemars.

On ne doit pas se pencher sur ces choses, elles contiennent des poisons et les cheveux des blondes... Qu'est-ce que je voulais dire? Le vert est terrible, le froid vert est le pire. Les goémons verts, hein, vieux capitaine! Quelque chose est détraqué dans la musique de l'orgue, le musicien s'est endormi, le pied sur une pédale basse qui ronfle. Aurélia mange des pommes trop vertes qui font mal au ventre, le ventre d'Aurélia qui n'a rien porté de moi et nos plaisirs sont loin. Quand le vent coupant d'est, se lève, la porte de La Barre bat sur ses gonds tordus, le plus urgent est de la consolider. J'ai beaucoup de choses à faire et je dois aussi brûler une lettre. Quelque chose est détraqué dans la musique de l'orgue. L'organiste est détraqué ou l'organisme. L'organisme de l'organiste. Rien n'est organisé mais il faut vivre. Sans un corps l'autre ne naîtra pas, il restera mort-né. La sauce Mornay doit être liée au fumet de champignons. Certains sont vénéneux. Monsieur le président, je demande l'indulgence pour Pierre Delhomeau, il mérite la mort comme tout le monde mais avec sursis. Il a droit au sursis car il a charge d'âme et de grands projets pour son successeur, je pourrais dire son frère. Faites entrer les témoins, vite car le froid devient effrayant. Même le bruit gèle. Silence. Si lent... si lourd...

Voici la mort.

Avec sa gueule de raie.

Dans le garage où il a amené sa bétaillère pour faire redresser l'aile arrière gauche, le marchand de bestiaux a demandé la communication avec l'hôpital de Laval. Il a dit :

— C'est pour avoir des nouvelles d'un accident de ce matin... oui, un ami...

Il écoute :

— ... *interventions... malheureusement, le cœur...*

Il dit :

— Ah...! Enfin, quand il n'y a rien à faire, il n'y a rien à faire... Merci bien...

Il raccroche le combiné du téléphone. Il s'essuie le front et propose au garagiste d'aller boire un blanc sec. Avec ce temps orageux on n'arrête pas de boire.

Le lendemain, lorsque l'interne de l'hôpital de Laval reçoit la femme, il remarque d'abord la meurtrissure qui cerne les yeux violets. Il se passerait volontiers de cette corvée mais lorsque les opérations ne réussissent pas, le Patron esquive les rendez-vous gênants.

Il a l'habitude des mots à dire et de l'attitude à prendre; pourtant il se sent moins assuré que de coutume en face de cette femme qui ne pleure pas. La beauté donne au malheur une dimension déconcertante.

Il bredouille un peu :

— ...avons fait tout ce qui... humainement possible... complications inévitables... le cœur... très grande perte... drame navrant trop fréquent, hélas! aujourd'hui... naturellement je suis à votre disposition pour...

Puis il saisit une branche plus solide :

— En tout cas, madame, je puis vous assurer qu'il n'a pas souffert. Il est médicalement mort sur le coup. Il n'a pas eu le temps de se rendre compte.

La femme remercie. Elle va se retirer lorsque l'interne s'avise d'un oubli :

— Nous avons trouvé sur lui une lettre qui vous était adressée. J'ai tenu à vous la remettre moi-même.

DU MÊME AUTEUR

COLLECTION FOLIO

Cet ouvrage a été composé
et achevé d'imprimer par l'Imprimerie Floch
à Mayenne le 6 juin 1985.
Dépôt légal : juin 1985.
1er dépôt légal dans la même collection : janvier 1973.
Numéro d'imprimeur : 23169.

ISBN 2-07-036315-5 / Imprimé en France.
Précédemment publié par les éditions Denoël
ISBN 2-207-20394-3